最慢的是活着

乔叶 —— 著

北 京 出 版 集 团
北京十月文艺出版社

目录

最慢的是
活着

1

那一天，窗外下着不紧不慢的雨，我和朋友在一家茶馆里聊天，不知怎的她聊起了她的祖母。她说她的祖母非常节俭。从小到大，她只记得祖母有七双鞋：两双厚棉鞋冬天里穿，两双厚布鞋春秋天里穿，两双薄布鞋夏天里穿，还有一双是桐油油过的高帮鞋，专门雨雪天里穿。小时候，若是放学早，她就负责烧火。只要灶里的火苗蹿到了灶外，就会挨奶奶的骂，让她把火压到灶里去，说火焰扑棱出来就是浪费。

"她去世快二十年了。"她说。

"要是她还活着，知道我们这么花着百把块钱在外面买水说闲话，肯定会生气的吧？"

　　"肯定的，"朋友笑了，"她是那种在农村大小便的时候去自家地里，在城市大小便的时候去公厕的人。"

　　我们一起笑了。我想起了我的祖母。——这表述不准确。也许还是用她自己的话来形容才最为贴切："不用想，也忘不掉。钉子进了墙，锈也锈到里头了。"

　　我的祖母王兰英，一九二〇年生于豫北一个名叫焦作的小城。焦作盛产煤，那时候便有很多有本事的人私营煤窑。我曾祖父在一个大煤窑当账房先生，家里的日子便很过得去。一个偶然的机会，曾祖父认识了祖母的父亲，便许下了媒约。祖母十六岁那年，嫁到了焦作城南十里之外的杨庄。杨庄这个村落由此成为我最详细的籍贯地址，也成为祖母最终的葬身之地。二〇〇二年十一月，她病逝在这里。

2

　　我们一共四个兄弟姊妹，性别排序是：男，女，男，女。大名依次是小强、小丽、小杰、小让。家常称呼是大宝、大妞、二宝、二妞。我就是二妞李小让。小让这个名字虽是最一般不过的，却是四个孩子里唯一花了钱的。因为命硬。乡间说法：命有软硬之分。生在初一十五的人命够硬，但最硬的是生在二十。"初一十五不算硬，生到二十硬似钉。"我生于阴历七月二十，命就硬得"似钉"了。为了让我这"钉"软一些，妈妈说，我生下来的当天奶奶便请了个风水先生给我看了看，风水先生说最简便的做法就是在名字上做个手脚，好给老天爷打个马虎眼儿，让他饶过我这个孽障，从此逢凶化吉，遇难成祥。于是就给我取了让字。在我们方言里，让不仅有"避让"的意思，还有"柔软"的意思。

"花了五毛钱呢。"奶奶说，"够买两斤鸡蛋的了。"

"你又不是为了我好。还不是怕我妨了谁克了谁！"

这么说话的时候我已经上了小学，和她顶嘴早成了家常便饭。这顶嘴不是撒娇撒痴的那种，而是真真的水火不容。因为她不喜欢我，我也不喜欢她。——当然，身为弱势方，我的选择是被动的：她先不喜欢我，我也只好不喜欢她。

亲人之间的不喜欢是很奇怪的一种感觉。因为在一个屋檐下，再不喜欢也得经常看见，所以自然而然会有一种温暖。尤其是大风大雨的夜，我和她一起躺在西里间。虽然各睡一张床，然而听着她的呼吸，我就觉得踏实、安恬。

但又因为确实不喜欢，这低凹的温暖中就又有一种高凸的冷漠。在人口众多、川流不息的白天，那种冷漠引起的嫌恶，几乎让我们不能对视。

从有记忆起，就知道她是不喜欢我的。有句俗语："老大娇，老末娇，就是别生半中腰。"但是，作为老末的我却没有得到过她的半点娇宠。她是家里的"慈禧太后"，她不娇宠，爸爸妈妈也就不会娇宠，就是想娇宠也没时间，爸爸在焦作矿务局上班，妈妈是村小的民办教师，都忙着呢。

因为不被喜欢，小心眼儿里就很记仇。而她让我记仇的细节简直俯拾皆是。比如她常睡的那张水曲柳黄漆大床。那张床是清朝电视剧里常见的那种大木床，四周镶着木围板，木板上雕着牡丹荷花秋菊冬梅四季花式。另有高高的木顶，顶上同样有花式。床头和床尾还各嵌着一个放鞋子的暗柜，几乎是我家最华丽的家具。我非常向往那张大床，却始终没有在上面睡的机会。她只带二哥一起睡那张大床。和二哥只间隔三岁，在这张床的待遇上却如此悬殊，我很不平，一天晚上，便先斩后奏，好好地洗了脚，早早地爬了上去。她一看见就着了急，把被子一掀，厉声道："下来！"

我缩在床角，说："我占不了什么地方的，奶奶。"

"那也不中!"

"我只和你睡一次。"

"不中!"

她是那么坚决。被她如此坚决地排斥着,对自尊心是一种很大的伤害。我哭了。她去拽我,我抓着床栏,坚持着,死活不下。她实在没有办法,就抱着二哥睡到了我的小床上。那一晚,我就一个人孤零零地占着那张大床。我是在哭中睡去的,清早醒来的第一件事,就是接着哭。

她毫不掩饰自己对男孩子的喜爱。谁家生了儿子,她就说:"添人了。"若是生了女儿,她就说:"是个闺女。"儿子是人,闺女就只是闺女。闺女不是人。当然,如果哪家娶了媳妇,她也会说:"进人了。"——这一家的闺女成了那一家的媳妇,才算是人。因此,自己家的闺女只有到了别人家当媳妇才算人,在自己家是不算人的。这个理儿,她认得真真儿的。每次过小年的时候看她给灶王爷上供,我听的最多的就是那一套:"……您老好话多说,赖话少言。有句要紧话可得给送子娘娘传,让她多给骑马射箭的,少给穿针引线的。"骑马射箭的,就是男孩。穿针引线的,就是女孩。在她的意识里,儿子再多也不多,闺女呢,就是一门儿贴心的亲戚,有事没事走动走动,百年升天脚蹬莲花的时候有这双手给自己梳头净面，就够了。因此再多一个就是多余——我就是最典型的多余。她原本指望我是个男孩子的，我的来临让她失望透顶：一个不争气的女孩身子，不仅占了男孩的名额，还占了个男孩子的秉性，且命那么硬。她怎么能够待见我？

做错了事，她对男孩和女孩的态度也是截然不同。要是大哥和二哥做错了事，她一句重话也不许爸爸妈妈说，且原因充分：饭前不许说，因为快吃饭了。饭时不许说，因为正在吃饭。饭后不许说，因为刚刚吃过饭。刚放学不许说，因为要做作业。睡觉前不许说，因为要睡觉……但对女孩，什么时候打骂都无关紧要。她就常在饭桌上教训我的左撇子。我自会拿筷子以来就是个左撇子，干什么都喜欢用左手。平时她看不见就算了，只要一坐到饭桌上，她就要开始管教我。怕我影响大哥二哥和姐姐吃饭，把我从这个桌角撵到那个桌角，又从那个桌角撵到这个桌角，总之怎么看我都不顺眼，我坐到哪里都碍事儿。最后通常还是得她坐到我的左边。当我终于坐定，开始吃饭，她的另一项程序就开始了。

"啪！"她的筷子敲到了我左手背的指关节上。生疼生疼。

"换手!"她说,"叫你改,你就不改。左耳朵进,右耳朵出!"

"不会。"

"不会就学。别的不学这个也得学!"

知道再和她犟下去菜就被哥哥姐姐们夹完了,我就只好换过来。我咕嘟着嘴巴,用右手生疏地夹起一片冬瓜,冬瓜无声无息地落在饭桌上。我又艰难地夹起一根南瓜丝,还是落在了饭桌上。当我终于把一根最粗的萝卜条成功地夹到嘴边时,萝卜条却突然落在了粥碗里,粥汁儿溅到了我的脸上和衣服上,引得哥哥姐姐们一阵嬉笑。

"不管用哪只手吃饭,吃到嘴里就中了,什么要紧。"妈妈终于说话了。

"那怎么会一样?将来怎么找婆家?"

"我长大就不找婆家。"我连忙说。

"不找婆家?娘家还养你一辈子哩。还给你扎个老闺女坟哩。"

"我自己养活自己,不要你们养。"

"不要我们养,你自己从石头缝里蹦出来的?自己给自己喂奶长这么大?"她开始不讲逻辑,我知道无力和她抗争下去,只好不作声。

下一次，依然如此，我就换个花样回应她："不用你操心，我不会嫁个也是左撇子的人？我不信这世上只我一个人是左撇子!"

她被气笑了："这么小的闺女就说找婆家，不知道羞!"

"是你先说的。"

"哦，是我先说的。咦——还就我能先说，你还就不能说。"她得意洋洋。

"姊妹四个里头，就你的相貌稀肖她，还就你和她不对路。"妈妈很纳闷，"怪哩。"

3

后来听她和姐姐聊天我才知道，她小时候娘家的家境很好，那时我们李家的光景虽然不错，和她王家却是绝不能比的。他们大家族枝枝杈杈四五辈共有四五十口人，男人们多，家里还雇有十几个长工，女人们便不用下地，只是轮流在家做饭。她们这一茬女孩子有八九个，从小就大门不出，二门不迈，只是学做女红和厨艺。家里开着方圆十几里最大的磨坊和粉坊，养着五六头大牲口和几十头猪。农闲的时候，磨坊磨面，粉坊出粉条，牲口们都派上了用场，猪也有了下脚料吃，猪粪再起了去壮地，一样也不耽搁。到了赶集的日子，她们的爷爷会驾着马车，带她们去逛一圈，买些花布、头绳，再给她们每人买个烧饼和一碗羊杂碎。家里哪位堂哥娶了新媳妇，她们会瞒着长辈们偷偷地去听房，当然也常常会被发现。一听见爷爷的咳嗽声，她们就会作鸟兽散，有一次，她撒丫子跑的时候，被一块砖头绊倒，磕了碗大的一片黑青。

嫁过来的时候，因为知道婆家这边不如娘家，怕姑娘受苦，她的嫁妆就格外丰厚：带镜子和小抽屉的脸盆架，雕花的衣架，红漆四屉的首饰盒，一张八仙桌，一对太师椅，两个带鞋柜的大樟木箱子，八床缎子面棉被……还有那张水曲柳的黄漆木床。

"一共有二十抬呢。"她说。那时候的嫁妆是论"抬"的。小件的两个人抬一样，大件的四个人抬一样。能有二十抬，确实很有规模。

说到兴起，她就会打开樟木箱子，给姐姐看她新婚时的红棉裤。隔着几十年的光阴，棉裤的颜色依然很鲜艳。大红底儿上起着淡蓝色的小花，既喜悦，又沉静。还有她的首饰。"文革"时被破四旧的人抢走了许多，不过她还是偷偷地保留了一些。她打开一层层的红布包，给姐姐看：

两支长长的凤头银钗，因为时日久远，银都灰暗了。她说原本还有一对雕龙画凤的银镯子，三年困难时期，她响应国家号召向灾区捐献物资，狠狠心把那对镯子捐了。后来发现戴在了一名村干部的女儿手上。

"我把她叫到咱家，哄她洗手吃馍，又把镯子拿了回来。他们到底理亏，没敢朝我再要。"

"那镯子呢？"

"卖了，换了二十斤黄豆。"

她生爸爸的时候，娘家人给她庆满月送的银锁，每一把都有三两重，一尺长，都佩着繁繁琐琐的银铃和胖胖的小银人儿。她说原先一共有七把，破四旧时，被抢走了四把，就只剩下了三把，后来大哥和二哥生孩子，生的都是儿子，她就一家给了一把。姐姐生的是女儿，她就没给。

"你再生，要生出来儿子我就给你。"她对姐姐说，又把脸转向我，"看你们谁有本事先生出儿子。迟早是你们的。"

"得了吧。我不要。"我道，"明知道我最小，结婚最晚。根本就是存心不给我。"

"你说得没错，不是给你的，是给我重外孙子的。"她又小心翼翼地裹起来，"你们要是都生了儿子，就把这个锁回回炉，做两个小的，一人一个。"

偶尔，她也会跟姐姐聊起祖父。

"我比人家大三岁。女大三，抱金砖。"她说，她总用"人家"这个词来代指祖父。"我过门不多时，就乱了，煤窑厂子都关了，你太爷爷就回家闲了，家里日子一天不如一天。啥金砖？银砖也没抱上，抱的都是土坷垃。"

"人家话不多。"

"就见过一面，连人家的脸都没敢看清，就嫁给人家了。那时候嫁人，谁不是晕着头嫁呢？"

"和人家过了三年，哪年都没空肚子，前两个都是四六风。可惜的，都是男孩儿呢。刚生下来的时候还好好儿的，都是在第六天头上死了，要是早知道把剪刀在火上烤烤再剪脐带就中，哪儿会只剩下你爸爸一个人？"

后来，"人家"当兵走了。

"八路军过来的时候，人家上了扫盲班，学认字。人家脑子灵，学得快……不过，世上的事谁说得准呢？要是笨点儿，说不定也不会跟着队伍走，现在还能活着呢。"

"哪个人傻了想去当兵？队伍来了，不当不行了。"她毫不掩饰祖父当时的思想落后，"就是不跟着这帮人走，还有国民党呢，还有杂牌军呢，哪帮人都饶不了。还有老日呢。"——老日，就是日本鬼子。

"老日开始不杀人的。进屋见了咱家供的菩萨，就赶忙跪下磕头。看见小孩子还给糖吃，后来就不中了，见人就杀。还把周岁大的孩子挑到刺刀尖儿上耍，那哪还能叫人？"

老日来的时候，她的脸上都是抹着锅黑的。

"人家"打徐州的时候，她去看他，要过黄河，黄河上的桥散了，只剩下了个铁架子。白天不敢过，只能晚上过。她就带着爸爸，一步一步地踩过了那条漫长的铁架子，过了黄河。

"月亮可白。就是黄河水在脚底下，哗啦啦地吓人。"

"人家那时候已经有通信员了，部队上的人对我们可好。吃得也可好，可饱。住了两天，我们就回来了。家属不能多住，看看就中了。"

那次探亲回来，她又怀了孕，生下了一个女儿。女儿白白胖胖，面如满月，特别爱笑。但是，一次，一个街坊举起孩子逗着玩的时候，失手摔到了地上。第二天，这个孩子就夭折了。才五个月。

讲这件事时，我和她坐在大门楼下。那个街坊正缓缓走过，还和她打着招呼。

"歇着呢？"

"歇着呢。"她和和气气地答应。

"不要理她！"我气恼她无原则的大度。

"那还能怎么着？账哪能算得那么清？她也不是蓄心的。"她叹气，"死了的人死了，活着的人还得活着。"

后来，她收到了祖父的阵亡通知书。"就知道了，人没了。那个人，没了。"

"听爸爸说，解放后你去找过爷爷一次。没找到，就回来了。回来时还生了一场大病。"

"哦。"她说，"一个人说没就没了，一张纸就说这个人没了，总觉得不真。去找了一趟，就死心了。"

"你是哪一年去的？"

"五六年吧。五六五七，记不清了。"

"那一趟，你走到了哪儿？"

"谁知道走到了哪儿。我一个大字不识的妇女，到外头知道个啥。"

4

因为是光荣烈属，新中国成立后，她当上了村里的第一任妇女主任，妇女主任应该是党员。组织上想发展她入党，她犹豫了，听说入党之后还要交党费，还要参加各种各样的活动和会议，她更犹豫了。觉得自己作为一个寡妇，从哪方面考虑都不合适。"我能管好我家这几个人就中了，哪儿还有力气操那闲心。"她说。

她谢绝了。但是后来时兴人民公社大食堂，她以烈属身份要求去当炊事员。

"还不是为了能让你爸爸多吃二两。"她说。

随着我们这几个孩子的降生，家里的生活越来越紧巴。在生产队里的时候，因为孩子们都上学，爸爸妈妈又上班，家里只有她一个劳力挣工分，年终分配到的粮食就很少，颗颗贵似金。肯定不够吃，得用爸爸的工资在城里再买。这种状况使得她对粮食的使用格外细腻。她说有的人家不会过，麦子刚下来时就猛吃白面，吃到过了年，没有多少白面了，才开始吃白面和玉米面杂卷的花馍。后来花馍里的白面也吃不上了，就只好吃纯黄的窝窝头，逢到宾来客往，还得败败兴兴地去别人家借白面。到了收麦时节，这些人家拿到地里打尖儿的东西也就只有窝头。收麦子是下力气活儿，让自己家的劳力吃窝头，这怎么说得过去呢？简直就是丢人。

她从来没有丢过这种人。从一开始她就隔三岔五让我们吃花馍，早晚饭是玉米面粥，白面只有过年和收麦时才让吃得尽兴些。过年蒸的白面馍又分两种，一种是纯白面馍，叫"真白鸽"，主要用于待客。另一种是白面和白玉米面掺在一起做的，看起来很像纯白面馍，叫"假白鸽"，主要用于自家吃。

"人过留名，雁过留声。客人当然得吃好的。"她说，"自己家嘛，填坑不用好土。——也算好土了。"

杂面条也是我们素日经常吃的。也分两种：绿豆杂面和白豆杂面。绿豆杂面是绿豆、玉米、高粱和小麦合在一起磨的。白豆杂面是白豆、小麦和玉米合在一起磨的。杂面粗糙，做不好的话豆腥味儿很大。她却做得很好吃。一是因为搭配比例合理，二是在于最后一道工序：面熟起锅之后，她在勺里倒一些香油，再将葱丝、姜丝和蒜瓣放在油里热炒，炒得焦黄之后将整个勺子往饭锅里一焖，只听刺啦一声，一股浓香从锅底涌出，随即满屋都是油亮亮香喷喷。

那时候没法子吃新鲜蔬菜，一到春天就青黄不接，她就往稀饭里放榆叶、黑槐叶、曲曲菜、马齿苋、荠菜和灰灰菜，还趁着四季腌各种各样的酱菜：春天腌香椿，夏天腌蒜苗，秋天腌韭菜、辣椒、芥菜，冬天腌萝卜和黄菜。仅就白菜，她就又分出三个等级，首先是好白菜，圆滚滚，瓷丁丁。其次是样子好看却不瓷实的，叫青干白菜。最差的是只长了些帮子的虚棵白菜。她让我们先吃的是青干白菜，然后是好白菜。至于虚棵白菜，她就放在锅里煮，高温去掉水分之后，再挂在绳子上晾干，这时的白菜叫作"烧白菜"。来年春天，将烧白菜再回锅一煮，就能当正经菜吃。有几年春天，她做的这些烧白菜还被人收购过，一斤卖到了三毛钱。

"它们喂人，人死了埋到地下再喂它们。"每当吃菜的时候，她就会这么说。

一切东西对她来说似乎都是有用的：玉米衣用来垫猪圈，玉米芯用来当柴烧。洗碗用的泔水，她从来不会随随便便地泼掉，不是拌鸡食就是拌猪食。我家要是没鸡没猪，她就提到邻居家，也不管人家嫌弃不嫌弃。"总是点儿东西，扔掉了可惜。"她说。内衣内裤和袜子破了，她也总是补了又补。而且补的时候，是用无法再补的那些旧衣的碎片。"用旧补旧，般配得很。"她说。我知道这不是因为般配，而是她觉得用新布补旧衣就糟蹋了新布。在她眼里，破布也分两种，一种是纯色布，那就当孩子的尿布，或者给旧衣服当补丁。另一种是花布，就缝成小小的三角，三角对三角，拼成一个正方形，几十片正方形就做成了一个花书包。

路上看到一块砖，一根铁丝，一截塑料绳，她都要拾起来。"眼前没用，可保不准什么时候就用上了。宁可让东西等人，不能让人等东西。"她说。

"你奶奶是个仔细人哪。"街坊总是对我们这么感叹。

这里所说的仔细，在我们方言中的含义就是指"会过日子"，也略微带些形容某人过于吝啬的苛责。

她还长年织布。她说，年轻时候，只要没有什么杂事，每天她都能卸下一匹布。一匹布，二尺七寸宽，三丈六尺长。春天昼长的时候，她还能多织丈把。后来她学会了织花布，将五颜六色的彩线一根根安在织布机上，经线多少，纬线多少，用哪种颜色，是要经过周密计算的。但不管怎么复杂，都没有难倒她。五十年前，一匹白布的价是七块两毛钱，一匹花布的价是十块六毛钱。她就用这些长布供起了爸爸的学费。

纺织的整个过程很繁琐：纺，拐，浆，落，经，镶，织。织只是最后一道。她一有空就坐下来摩挲那些棉花，从纺开始，一道一道地进行着，慢条斯理。而在我童年的记忆中，每每早上醒来，和鸟鸣一起涌入耳朵的，确实也就是唧唧复唧唧的机杼声。来到堂屋，就会看见她坐在织布机前。梭子在她的双手间飞鱼似的传动，简洁明快，娴熟轻盈。

生产队的体制里，一切生产资料都是集体的，各家各户都没有棉花。她能用的棉花都是买来的，这让她很心疼。一到秋天，棉花盛开的时节，我和姐姐放学之后，她就派我们去摘棉花。去之前，她总要给我们换上特制的裤子，口袋格外肥大，告诉我们："能装多少是多少。"我说："是偷吧？"她就"啪"地打一下我的脑袋。

后来，她织的布再也卖不动了，再后来，那些布把我们家的箱箱柜柜都装满了，她的眼睛也不行了，她才让那架织布机停下来。

她去世那一年，那架织布机散了。

5

小学毕业之后，我到镇上读初中。三里地，一天往返两趟，是需要骑自行车的。爸爸的同事有一辆半旧的二十六英寸女车，爸爸花了五十块钱买了下来，想要给我骑。却被她拦住了。

"三里地，又不远。我就不信会把脚走大了。"

"已经买了，就让二妞骑吧。"

"她那笨手笨脚的样儿，不如让二宝骑呢。"此时我的二哥正在县里上高中。他住校，两周才回家一次。我可是每天两趟要去镇上的啊。

爸爸不说话了。我深感正不压邪，于是决定要为自己的权利做斗争。一天早上，我悄悄地把自行车推出了家门。谁知道迎头碰上了买豆腐回来的她，她抓了我一把，没抓住，就扭着小脚在后面追起来。我飞快地蹬啊，蹬啊。骑了一段路，往后看了看，她不追了，却还停在原地看着我。

我知道这辆车我大约只能骑一次了，顿时悲愤交加。沿路有一条小河，水波清澈，浅不没膝，这时候，一个衣扣开了，我懒得下车，便腾出左手去整衣服，车把只靠右手撑着，就有些歪。歪的方向是朝河的。待整好衣服，车已经靠近河堤的边缘了，如果此时纠正，完全不会让车出轨。鬼使神差，我突然心生歹意，想：反正这车也不让我骑，干脆大家都别骑吧。这么想着，车就顺着河堤冲了下去。——在冲下去的一瞬间，我清楚地记得，我还往身后看了看，她还在。一阵失控的跌撞之后，我如愿以偿地栽进了河里。河水好凉啊，河草好密啊，河泥好软啊。当我从河里爬起来时，居然傻乎乎地这么想着，还对自己做了个鬼脸。

那天上学，我迟到了。而那辆可爱的自行车经过这次重创之后，居然又被修车师傅耐心地维修到了勉强能骑的地步。我骑着它，一直骑到初中毕业。

很反常地，她没有对此事做出任何评论，看来是被我的极端行为吓坏了。我居然能让她害怕！这个发现让我又惊又喜。于是我乘胜追击，不断用各种方式藐视她的存在和强调自己的存在，从而巩固自己得之不易的家庭地位。每到星期天，凡是有同学来叫我出去玩，我总是扔下手中的活儿就走，连个招呼都不跟她打。村里若是演电影，我常常半下午就溜出去，深更半夜才回家。若是得了奖状回来，我就把它贴在堂屋正面毛主席像的旁边，让人想不看都不成。如果还有奖品，我一定会在吃晚饭的时候拿到餐桌上炫耀。每到此时，她就会漫不经心地瞟上一眼，淡淡道："吃饭吧。"

她仍是不喜欢我的。我很清楚。但只要她能把她的不喜欢收敛一些，我也就达到了目的。

初中毕业之后，我考上了焦作市中等师范学校。按我的本意，是想报考高中的，但她和爸爸都不同意。理由是师范只需要读三年就可以参加工作，生活费和学费还都是国家全额补助的，而上高中不仅代价昂贵且前程未卜。看着我愤愤不平的样子，爸爸最后安慰我说，师范学校每年都组织毕业生参加高考。只要我愿意，也可以在毕业那年参加高考。于是去师范学校报到那天我带上了一摞借来的高中旧课本。我暗暗发誓：一定要考上大学。

但是，毕业那年，我没有参加高考。我已经不愿意上大学了。我想尽早工作，自食其力。因为我师范生活的最后一年冬天，我没有了父亲，我知道自己面临的首要任务就是养活自己。

大约是为了好养，父亲是个女孩子名，叫桂枝。小名叫小胜。奶奶一直叫他小胜。第一次看见父亲的照片成了遗像，我在心里悄悄地叫了一声"小胜"，突然觉得，这个名字和我们兄弟姊妹四个的名字排在一起非常有趣：小强小丽小杰小让，而他居然是小胜。听起来他一点儿也不像我们的父亲，而像我们的长兄。

父亲是患胃癌去世的。父亲生前，我叫他爸爸。父亲去世之后，我开始称他为父亲。——一直以为，父亲、母亲、祖母这样隆重的称谓是更适用于逝者的。所以，当我特别想他们的时候，我就在心里称呼他们：爸爸、妈妈、奶奶。一如他们生前。至于我那从来未曾谋面的祖父，还是让我称他为祖父吧。

如果用一个字来形容奶奶对于父亲这个独子的感觉，我想只有这个字最恰当：怕。从怀着他开始，她就怕。生下来，她怕。是个男孩，她更怕。祖父走了，她独自拉扯着他，自然是怕。女儿夭折之后，她尤其怕。他上学，她怕。他娶妻生子，她怕。他每天上班下班，她怕。——他在她身边时，她怕自己养不好他。他不在她身边时，她怕整个世界亏待他。

父亲是个孝子，无论她说什么，他都俯首帖耳。表面上是他怕她，但事实上，就是她怕他。

没办法。爱极了，就是怕。

从父亲住院到他去世，没有一个人告诉奶奶真相。她也不提出去看，始终不提。我们从医院回来，她也不问。一个字儿都不问。我们主动向她报喜不报忧，她也只是静静地听着，最多只答应一声："噢。"到后来她的话越来越少，越来越少。父亲的遗体回家，在我们的哭声中，她始终躲着，不敢出来。等到入殓的时候，她才猛然掀开了西里间的门帘，把身子掷到了地上，叫了一声："我的小胜啊——"

这么多天都没有说话，可她的嗓子哑了。

6

我回到了家乡小镇教书。这时大哥已经在县里一个重要局委担任了副职，成了颇有头脸的人物。姐姐已经出嫁到离杨庄四十多里的一个村庄，二哥在郑州读财经大学。偌大的院子里，只有我、妈妈和她三个女人常住。父亲生病期间，母亲信了基督教。此时也已经退休，整天在信徒和教堂之间奔走忙碌，把充裕的时间奉献给了主。家里剩下的，常常只有我和她。——不，我早出晚归地去上班，家里只有她。

至今我仍然想象不出她一个人在家的时光是怎么度过的。只知道她一天天地老了下去。不，不是一天天，而是半天半天地老下去。每当我早上去上班，中午回来的时候，就觉得她比早上要老一些。而当我黄昏归来，又觉得她比中午时分更老。本来就不爱笑的她，更不笑了。我们两个默默相对地吃完饭，我看电视，她也坐在一边，但是手里不闲着。总要干点儿什么：剥点儿花生，或者玉米。坐一会儿，我们就去睡觉。她睡堂屋西里间，我睡堂屋东里间。母亲回来睡厢房。

　　每当看到她更老的样子，我就会想：照这样的速度老下去，她最终会变成什么样呢？一个人，每天每天都会老，最终会老到什么地步呢？

　　她的性情比以往也有了很大改变。不再串门聊天，也不允许街坊邻居们在我家久坐。但凡有客，她都是一副木木的样子，说不上冷淡，但也绝对谈不上欢迎。于是客人们很快就讪讪地走了。我当然知道这是因为父亲，就劝解她，说她应该多去和人聊聊，转移转移情绪。再想有什么用？反正父亲已经不在了。她拒绝了。她说："我没养好儿子，儿子走到了我前边儿，白发人送黑发人，老败兴。他不在了，我还在。儿子死了，当娘的还到人跟前举头竖脸，我没那心劲儿。"

　　她硬硬地说着。哭了。我也哭了。我擦干泪，看见泪水流在她皱纹交错的脸上，如雨落在旱地里。这是我第一次那么仔细地看着她哭。我想找块毛巾给她擦擦泪，却始终没动。即使手边有毛巾，我想我也做不出来。我和她之间，从没有这么柔软的表达。如果做了，对彼此也许都是一种惊吓。

　　父亲的遗像，一直朝下扣在桌子上。

　　有一天，我下班早了些，一进门就看见她在摸着父亲那张扣着的遗像。她说："上头我命硬，下头二姐命硬。我们两头都克着你，你怎么能受得住呢？是受不住。是受不住。"

我悄悄地退了出去。又难过，又委屈。原来她一直是这么认为的！原来她还是一直这么在意我的命硬，就像在意她的。——后来我才知道，她生于正月十五。青年丧夫，老年丧子，她的命是够硬的。但我不服气。我怎么能服气呢？父亲得的是胃癌，和我和她有什么关系?！我们并没有偷了父亲的寿，为什么要自己给自己栽赃？我不明白她这么做只是因为无法疏导过于浓郁的悲痛，只好自己给自己一个说法。那时我才十八岁，我怎么可能明白呢？不过，值得安慰的是，我当时什么都没说。我知道我的委屈和她的悲伤相比，没有发作的比重。

工资每月九十八元，只要发了我就买各种各样的吃食和玩意儿，大包小包地往回拿。我买了一把星海牌吉他，月光很好的晚上就在大门口的石板上练指法。还买了录音机，洗衣服做饭的时候一定要听着费翔和邓丽君的歌声。第一个春节来临之前，我给她和妈妈各买了一件毛衣。每件四十元。妈妈没说什么，喜滋滋地穿上了，她却勃然大怒。——我乐了。这是父亲去世后，她第一次发怒。

"败家子儿！就这么会花钱！我不穿这毛衣！"

"你不穿我送别人穿。"我说，"我还不信没人要。"

"贵巴巴的你送谁？你敢送？"她说着就把毛衣藏到了箱子里。那是件带花的深红色对襟毛衣。领子和袖口都镶着很古典的图案。

九十八元的工资在当时已经很让乡里人眼红了，却很快就让我失去了新鲜感。孩子王的身份更让我觉得无趣。第二个学期，我开始迟到，早退，应付差事。校长见我太不成体统，就试图对我因材施教。他每天早上都站在学校门口，一见我迟到就让我和迟到的学生站在一起。我哪能受得了这个，掉头就回家睡回笼觉。最典型的一次，是连着迟到了两周，也就旷工了两周。所有的人都拿我无可奈何，而我却不自知——最过分的任性大约就是这种状况了：别人都知道你的过分，只有你不自知。

每次看到我回家睡回笼觉她都一副忧心忡忡的神情：一个放着人民教师这样光荣的职业却不好好干的女孩子，她在闹腾什么呢？她显然不明白，似乎也没有兴致去弄明白。她只是一到周末就等在村头，等她的两个孙子从县城和省城回来看她。——她的注意力终于在不知不觉间从父亲身上分散到了孙子们身上。每到周末，我们家的饭菜就格外好：猪头肉切得细细的，烙饼摊得薄薄的，粥熬得浓浓的。然而只要两个哥哥不回来，我就都不能动。直到过了饭时，确定他们不会回来了，她才会说："吃吧。"

我才不吃呢。假装看电视，不理她。

"死丫头，这么好的饭你不吃，不糟蹋东西？"

"又不是给我做的，我不吃。"

"不是给你做的，给狗做的？"

"可不是给狗做的吗？"我伶牙俐齿，一点儿也不饶她，"可惜你那两只狗跑得太远，把家门儿都忘了。"

有时候，实在闲极无聊，她也会和我讲一些家常话。话题还是离不开她的两个宝贝孙子：大哥如何从小就爱吃糖，所以外号叫"李糖迷"。二哥小时候如何胖，给他擦屁股的时候半天都掰不开屁股缝儿……也会有一些关于姐姐的片段，如何乖巧，如何懂事。却没有我的。

"奶奶，"我故意说，"讲讲我的呗。"

"你？"她犹豫了一下，"没有。"

"好的没有，坏的还没有？"

"坏的嘛，倒是有的。"她笑了。讲我如何把她的鞋放在蒸馍锅里和馒头一起蒸，只因她说她的鞋子干净我的鞋子脏。我如何故意用竹竿打东厢房门口的那棵枣树，只因她说过这样会把枣树打死。我如何隔三岔五地偷个鸡蛋去小卖店换糯米糕吃，还仔细叮嘱老板不要跟她讲。其中有一件最有趣：一次，她在门口买凉粉，我帮她算账，故意多算了两毛钱。等她回家后，我才追了两条街跟那卖凉粉的人把两毛钱要了回来。她左思右想觉得钱不够数，也去追那卖凉粉的人，等她终于明白真相时，我已经把两毛钱的瓜子嗑完了。

我们哈哈大笑。没有猜忌，没有成见，没有不满。真真正正是一家人在一起拉家常的样子。她嘴里的我是如此顽劣，如此可爱。这是我万万没有想到的。

但这种和谐甚至是温馨的时光是不多的。总的来说我和她的关系还是相当冷漠。有时会吵架，有时会客气——一个人随着年龄的增长也会获得某种自然而然的程度加深的尊重，她对我的客气显然是基于这点。

我的工作状态越来越糟糕。学年终考，我的学生考试成绩在全镇排名中倒数第一。平日的邋遢和成绩的耻辱构成了无可辩驳的因果关系，作为误人子弟的败类我不容原谅。终于在一次全校例行的象征性的应聘选举中，我成了实质性落聘的第一人。惩罚的结果是把我发配到一个偏远的村小教书。我当然不肯去，也不能再在镇里待下去，短暂的考虑之后我决定停薪留职。之前一些和我一样不安分当老师的师范同学已经有好几个南下打工,我和他们一直保持着联系。

正犹豫着怎么和她们开口,一件事加速了我的进程。那天,我起得早,走到厨房门口,听见妈妈正在低声埋怨她:"……你要是当时叫大宝给她跑跑关系,留到县里,只怕她现在也不会弄得这么拾不起来。"

"她拾不起来是她自己软。能怨我?"

"丝瓜要长还得搭个架呢。一个孩子,放着关系不让用,非留在身边。你看她是个翅膀小的?"

"那几个白眼狼都跑得八竿子打不着,不留一个,有个病的灾的去指靠谁?"

——一切全明白了。原来还是奶奶作祟,在清晨明媚的阳光中,我气得脑门发涨。我推开厨房的门,目光如炬,声音如铁,铿锵有力地向她们宣言:"我也是个白眼狼!别指靠我!我也要走了!"

7

我一去三年没有回家,只是十天半月往村委会打个电话，让村长或村支书向她们转达平安，履行一下最基本的告知义务。三年中，我从广州到深圳，从海口到三亚，从苏州到杭州，从沈阳到长春，推销过保险，当过售楼小姐，在饭店卖过啤酒，在咖啡馆磨过咖啡，当然也顺便谈谈恋爱，经历经历各色男人。后来我落脚到了北京，应聘在一家报社做记者。

人在江湖漂，哪能不挨刀。吃过几次亏，碰过几次壁之后，我才明白，以前在奶奶那里受的委屈，严格来说，都不是委屈。我对她逢事必争吵，逢理必争，从来不曾"受"过，哪里还谈得上"委"和"屈"？真正的委屈是笑在脸上哭在心里的。无处诉，无人诉，不能诉，不敢诉，得生生闷熟在日子里。

这最初的世事磨炼让我学会了察言观色，看菜下碟。学会了在第一时间内嗅出那些不喜欢我的人的气息，然后远远地离开他们。如果迫不得已一定要和他们打交道，我就羽毛参起，如履薄冰。我知道，某种意义上讲，他们就是我如影随形的奶奶。不同的是，他们会比奶奶更严厉地教训我，而且不会给我做饭吃。而在那些喜欢我的人面前，我在受宠若惊、视宠若宝的同时也是小心翼翼的。生怕失去了这些喜欢，生怕失去了这些宠。——在我貌似任性的表征背后，其实一直长着一双胆怯的眼睛。我怕被这个世界遗弃。多年之后我才悟出：这是奶奶送给我的最初的精神礼物。可以说，那些日子里，她一直是我的镜子，有她在对面照着，才使得我眼明心亮。她一直是我的鞭子，有她在背上抽着，才让我不敢昏昏欲睡。她让我知道：这个世界上，总会有人不喜欢你，你会成为别人不愉快的理由。你从来就没有资本那么自负，自大，自傲。从而让我怀着无法言喻的隐忍、谦卑和自省，以最快的速度长大成人。

　　我开始想念她们。奇怪，对奶奶的想念要胜过妈妈。但因记忆里全是疤痕的硬，对她的想也不是那种柔软的想。和朋友们聊起她的时候，我总是不自觉地忿怨着她的封建、自私和狭隘，然后收获着朋友们的安慰和同情。终于有一次，一位朋友温和地斥责了我，她说："亲人总是亲人。奶奶就是再不喜欢你，也总比擦肩而过的路人对你更有善意。或许她只是不会表达，那么你就应该去努力理解她行为背后的意义。比如，她想把你留在身边，也不仅仅是为了养老，而是看你这么淘气，叛逆，留在身边她才会更安心。再比如，她嫌你命硬，你怎么知道她在嫌你的时候不是在嫌自己？她自己也命硬啊。所以她对待你的态度就是在对待她自己，对自己当然就是最不客气了。"

　　她对待我的态度就是在对待她自己？朋友的话让我一愣。

　　我打电话的频率开始密集起来。一天，我刚刚打通电话，就听见了村支书粗糙的骂声："他娘的，你妈病啦！住院啦！你别满世界疯跑啦！赶快攥着你挣的票子回来吧！"

　　三天之后，我回到了杨庄。只看到了奶奶。父亲有病时似乎也是这样：其他人都往医院跑，只有她留守在家里。我是在大门口碰到她的，她拎着垃圾斗正准备去倒。看见我，她站住了脚。神情是如常的，素淡的，似乎我刚刚下班一样。她问："回来了？"

　　我说："哦。"

　　妈妈患的是脑溢血。症状早就显现，她因为信奉主的力量而不肯吃药，终于小疾酿成大患。当她出院的时候，除了能维持基本的吃喝拉撒之外，已经成了一个废人。

　　妈妈病情稳定之后，我向报社续了两个月的假。是，我是看到她和妈妈相依为命的凄凉景象而动了铁石心肠，不过我也没有那么单纯和孝顺。我有我的隐衷：我刚刚发现自己怀了孕。孩子是我最近一位男友的果实，我从北京回来之前刚刚和他分手。

　　我悄悄地在郑州做了手术，回家静养。因为瞒着她们，

也就不好在饮食上有什么特别的讲究和要求。三代三个女
人坐在一起，虽然我和她们有十万八千里的隔阂，也免不
了得说说话。妈妈讲她的上帝耶稣基督主，奶奶讲村里的
男女庄稼猪鸡狗。我呢，只好把我经历的世面摆了出来。
我翻阅着影集上的照片告诉她们：厦门鼓浪屿、青岛崂山、
上海东方明珠、杭州西湖、深圳民俗村和世界之窗……指
着自己和民俗村身着盛装的少数民族演员的合影以及世界
之窗的微缩模具，我心虚而无耻地向她们夸耀着我的成就
和胆识。她们只是默默地看着，听着，没有发问一句。这
在我的意料之中。我知道自己已经大大超越了她们的想
象——不，她们早已经不再对我想象。我在她们的眼睛里，
根本就是一个怪物。

讲了半天，我发现听众只剩下了奶奶。

"妈呢？"

"睡了。"她说，"她明儿早还要做礼拜。"

"那，咱们也睡吧。"我这才发现自己累极了。

"你喝点儿东西吧。"奶奶说，"我给你冲个鸡蛋红糖水。"

这是坐月子的女人才会吃的食物啊。我看着她。她不
看我，只是踮着小脚朝厨房走去。

　　报社在河南没有记者站。续假期满，我又向报社打了申请，请求报社设立河南记者站，由我担任驻站记者。在全国人民过分热情的调侃中，河南这种地方一向都很少有外地人爱来，我知道自己一请一个准儿。果然，申请很快就被批准了，我在郑州租了房子，开始了新一轮的奔波。每周我都要回去看看妈妈和她。出于惯性，我身边很快也聚集了一些男人。每当我回老家去，都会有人以去乡下散心为名陪着我。小汽车是比公共汽车快得多，且有面子。我任他们捧场。

　　对这些男人，妈妈不言语，奶奶却显然是不安的。开始她还问这问那，后来看到我每次带回去的男人都不一样，她就不再问了。她看我的目光又恢复到了以前的忧心忡忡。其实在她们面前，我对待那些男人的态度相当谨慎。我把他们安顿在东里间住，每到子夜十二点之前一定回到西里间睡觉。奶奶此时往往都没有睡着。听着她几乎静止的鼻息，我在黑暗中轻轻地脱衣。

　　"二妞，这样不好。"一天，她说。

　　"没什么。"我含糊道。

　　"会吃亏的。"

　　"我和他们没什么。"

"女人，有时候由不得自己。"

似乎有些谈心事儿的意思了。难道她有过除祖父之外的男人？我好奇心陡增，又不好问。毕竟，和她之间这样亲密的时机很少。我不适应。她必定也不适应——我听见她咳嗽了两声。我们都睡了。

日子安恬地过了下来。这是我期望已久的日子：有自由，有不菲的薪水，有家乡的温暖，有家人的亲情，还有恋爱。在外奔波的这几年里，我习惯了恋爱。一个人总觉得凄冷，恋爱就是靠在一起取暖。身边有男人围着，无论我爱不爱他们，心里都是踏实的，受用的。虽然知道这踏实是小小的踏实，受用是小小的受用，但，有总比没有要好。

"没事不要常回来了。我和你妈都挺好的。不用看。"终于有一天，她说。

"多看看你们还有错啊。我想回来就回来。"我说。

"要是回来别带男人，自己回来。"

"为什么？不过是朋友。"

"就因为是朋友，所以别带来。要是女婿就尽管带。"她说，"你不知道村里人说话多难听。"

"难听不听。干吗去听！"我火了。

"我在这村里活人活了五六十年，不听不中。"她说，"你别丢我的人了！"

"一个女人没男人喜欢，这才是丢人呢！"

"再喜欢也不是这么个喜欢法。"她说，"一个换一个，走马灯似的。"

"多了还不好？有个挑拣。"

"眼都花了，心都乱了。好什么好？"

"我们这时候和你们那时候不一样。你就别管我的事了。"

"有些理，到啥时候都是一样的。"

"那你说说，该是个什么喜欢法？"我挑衅。

她沉默。我料定她也只能沉默。

"你守寡太多年了。"我犹豫片刻，一句话终于破口而出，"男女之间的事情，你早就不懂了。"

静了片刻，我听见她轻轻地笑了一声。

"没男人，是守寡。"她语调清凉，"有了不能指靠的男人，也是守寡。"

"怎么寡？"我坐起来。

"心寡。"她说。

我怔住。

8

我和她之间再次陷入了冷战期。我长时间地待在郑州，很久才回去一次。回去的时候，也不再带男人。我开始正式考虑结婚问题。一考虑这个问题，我就发现奶奶是多么正确：因为经历太多，我已经不知道什么人适合和我结婚。我面前的男人琳琅满目，花色齐全，但当我想要去捉住他们时，却发现哪个都没有让我付账的决心。

我确实是心寡。

其间有个男孩子，各方面条件都很不错，要说结婚，似乎也是可以的。但我拒绝了他的求婚，主要原因当然是不够爱他，次要原因则是不喜欢他的妈妈。那个老太太是一个落魄的高干遗孀，大手大脚，颐指气使，骄横霸道。她经常把退休金花得光光的，然后让孩子们给她凑钱买漂亮衣服和名贵首饰。她的口头禅是："吃好的，买贵的。人就活一辈子，不能委屈自己！"

是，这话没错。人能不委屈自己的时候是不该委屈自己。我也是这样。可我就是不喜欢她这个腔调，就是不喜欢她这个做派，就觉得她不像个老人。一个老人，怎么能这样没有节制呢？怎么能这么挥霍无度呢？怎么能这么没有老人的样子呢？——忽然明白，我心目中的老人标准，就是我生活在豫北乡下的奶奶。如果她和我的奶奶有那么些微一样，我想，我一定会加倍心疼她，宠她，甚至会为此加重和她儿子结婚的砝码。但她不是我的奶奶。我的奶奶不是这样。我不能和这样的老人在一起生活。

常常如此：我莫名其妙地看不惯那些神情自得生活优越的老人，一听到他们说什么夕阳红、黄昏恋、出国游，上什么艺术大学，参加什么合唱团，我心里就难受。后来，我才明白：我是在嫉妒他们，替奶奶嫉妒他们。

两年之后，当我再带男人回去的时候，只固定带了一个。后来，我和那个男人结了婚。用奶奶的话，那个男人成了我的丈夫。他姓董。

和董认识是在一个饭局上。那个饭局是县政府为在省城工作的本籍人士举办的例行慰问宴。也就是定期和这些人联络一下感情，将来有什么事好让这些人都出力的意思。所谓"养兵千日，用兵一时"，这饭局就是养兵的草料。那天，我去得最晚。落座时只剩下了一个位置。右边是董，左边是一个女人。互相介绍过之后，我对左边的女人说："对不起，我是左撇子，可能会让你不方便。"对方还没有反应，董马上站起来对我说："我和你换换吧。"

他坐在了我的左边。吃饭期间聊起家常，他告诉我他大学毕业后工作没有着落，就留在郑州做了一家报社的记者。偶尔回县城看看退休的父母。和我一样，他也只是个应聘记者。

"好听的说法是随时会跳槽。"他说。

"不好听的说法是随时会被炒。"我说。

我们相视而笑。有多少像我们这样貌似齐整的流浪者啊。没有锦衣，就自己给自己造一件锦衣。见到生客就披上，见到自己人就揪下。

后来我问董对我初次的印象如何，董说："长相脾气都在其次。我就是觉得你特别懂事。"

"懂事？"我吃惊。哑然失笑。第一次听到有人这么评价我，"何以见得？"

"我吃过的饭局千千万，见过的左撇子万万千，仅仅为自己是左撇子而向自己左手位道歉的人，你是第一个。"

只有懂事的人才能看到别人的懂事。活到一定的年纪，懂事就是第一重要的事。天造地设，我和董一拍即合。关系确定之后，我把他带了回去，向奶奶和母亲宣告。奶奶第二天就派大哥去打听董的家世，问得清清白白，无可挑剔之后，才明确点了头，同意我和董结婚。

"这闺女这般好命，算修成正果了。"她说，"真是人憨天照顾。"

妈妈什么也做不了，奶奶就开始按老规矩为我准备结婚用品：龙凤呈祥的大红金丝缎面被，粉红色的鸳鸯戏水绣花枕套，双喜印底的搪瓷脸盆，大红的皂盒，玫瑰红的梳子……纺织类的物品一律缝上了红线，普通生活用品一律系上了红绳。做这一切的时候，她总是默默的。和别人说起我的婚事时，她也常常笑着，可是那笑容里隐隐交错着一种抑制不住的落寞和黯然。

两亲家见面那天，奶奶作为家长发言，道："二妞要说也是命苦。爹走得早，娘只是半个人。我老不中用，也管不出个章程，反正她就是个不成才，啥活计也干不好，脾气还傻偏。给了你们就是你们的人，小毛病你们就多担待，大毛病你们就严指教。总之以后就是你们多费心了。"

公公婆婆客气地笑着，答应着，我再也坐不住，出了门。忍了好久，才没让泪滚出来。

婚礼那天清早，我和女伴们在里间化妆试衣，她和妈妈在外面接待着络绎不绝的亲友。透过房门的缝隙，我偶尔会看见她们在人群中穿梭着，分散着糖果和瓜子。她们脸上的神情都是平静的、安宁的，也显示着喜事应有的笑容。我略略地放了心。

随着乐曲的响起和鞭炮的骤鸣，迎亲的花车到了。按照我们的地方风俗，嫁娘要在堂屋里一张铺着红布的椅子上坐一坐，吃上几个饺子，才能出门。我坐在那张红布椅上，端着饺子，一眼便看见奶奶站在人群后面，她的目光并不看我，可我知道这目光背后还有一双眼睛，全神贯注地凝聚在我的身上。我把饺子放进口里，和着泪水咽了下去。有亲戚絮絮地叮嘱："别噎着。"

到了辞拜高堂的时候了，亲戚们找来她和妈妈，让她们坐在两张太师椅上。我和董站在她们面前。周围的人都沉默着。——我发现往往都是这样，在男方家拜高堂时是喧嚷的，热闹的，在女方家就会很寂静，很安宁。而这仅仅是因为，男方是拜，女方是辞拜。

"姑娘长大成人了，走时给老人行个礼吧。"一位亲戚说。

我们鞠下躬去。在低头的一瞬间，我看见她们的脚——尤其是奶奶的脚。她穿着家常的黑布鞋，白袜子，鞋面上还落了一些瓜子皮的碎末儿。这一刻，她的双脚似乎在微微地颤抖着，仿佛有一种什么巨大的东西压在她的身上，让她坐也不能坐稳。

我婚后半年，妈妈脑溢血再次病发，离开了人世。

遗像里的母亲怎么看着都不像母亲。这感觉似曾相识——是的，遗像里的父亲曾经也让我感觉不像是父亲，而像我们的长兄。原谅我，对于母亲，我也只觉得她是一个姊妹。我们的长姊。而且因为生了我们，便成了最得宠的姊妹。父亲和奶奶始终都是担待她的。他们对她的担待就是：家务事和孩子们都不要她管，她只用管自己这份民办教师的工作。柴米油盐，人情世故，母亲几乎统统不懂。看着母亲甩手掌柜做得顺，奶奶有时候也会偷偷埋怨，"那么大的人了！"但是，再有天大的埋怨，她也只是在家里背着母亲念叨念叨，绝对不会让家丑外扬。

因为他们的宠，母亲单纯和清浅的程度更接近于一个少女，而远非一个应该历尽沧桑的妇人。说话办事毫无城府，直至已经年过半百，依然在不经意间流露出一股浓重的孩子气。——多年之后，我才明白，自己其实也是有些羡慕她的孩子气的。这是她多年的幸福生活储蓄出来的性格利息。

父亲像长兄，母亲像长姊。这一切，也许都是因为奶奶太像母亲了。

母亲去世的时候，奶奶哭得很痛，泪很多。我知道，她把对父亲的泪也一起哭了出来。——这泪水，过了六年，她才通过逐渐消肿的心，尽情释放了出来。

"对不起，也许我的命真是太硬了。"办完丧事之后，我看着父亲和母亲的遗像，在心里默默地说，"这辈子家里如果还有什么不幸的事，请让我自己克自己。下辈子如果我们还是一家人，请你们做我的儿女，一起来克我。"

9

母亲的丧事之后，报社又进行了机构改革，河南记者站被撤并，我不想服从调配去外省，于是顺理成章地失了业，打算分娩之后再找工作——我已经怀孕三个月了。我们都劝奶奶去县城：大哥二哥和我都在县城有了家，照顾她会很方便。可她不肯。

"这是我的家。我哪儿都不去。你们忙你们的，不用管我。"她固执极了。

没办法，只有我是闲人一个。于是就回到了老家，陪她。

那是一段静谧的时光。两个女人，也只能静谧。

正值初夏，院子里的两棵枣树已经开始结豆一般的青枣粒，每天吃过晚饭，我和她就在枣树下面闲坐一会儿。或许是母亲的病逝拓宽了奶奶对晚辈人死亡的认知经验，从而让她进一步由衷地臣服于命运的安排，或许是母亲已经去和父亲做伴，让她觉得他们在那个世界都不会太孤单，她的神情渐渐呈现出一种久远的顺从、平和与柔软，话似乎也比以往多了些。不时地，她会讲一些过去的事："……'大跃进'时候，村里成立了缝纫组。我是组长。没办法，非要我当，都说我针线活儿最好，一些难做的活儿就都到了我手里。一次，有人送来一双一寸厚的鞋底，想让缝纫组的人配上帮做成鞋，谁都说那双鞋做不成，我就接了过来。晚上把鞋捎回了家，坐在小板凳上，把鞋底夹在膝盖中间，弯着上身，可着力气用在右手的针锥上，一边扎一边拧，扎透一针跟扎透一块砖一样。扎透了眼儿，再用戴顶针的中指顶着针冠，穿过锥孔，这边儿用大拇指和食指尖捏住针头，把后边带着的粗线再一点一点地拽出来……这双鞋做成之后，成了村里的'鞋王'。主家穿了十几年也没穿烂。"

"那时候，有人追你吗？"

"我又没偷东西，追我干啥？"她很困惑。

我忍不住笑了："我的意思是，有没有人想娶你。"

她也笑了。眼睛盯着地。

"有。"她说，眼神涣散开来，"那时候还年轻，也不丑……你爸要是个闺女，我也能再走一家。可他是个小子，是能给李家顶门立户的人，就走不得了。"这很符合她重男轻女的一贯逻辑——她不能容忍一个男孩到别人屋檐下受委屈。

睡觉之前，她习惯洗脚。她的脚很难看，是缠了一半又放开的脚。大脚趾压着其他几个脚趾，像一堆小小的树根扎聚在一起，然而这树根又是惨白惨白的，散发着一种莫名其妙的恐怖气息。

"怎么缠了一半呢？怕疼了吧？"我好奇，又打趣她，"我一直以为你是个挺能吃苦的人哩。"

"那滋味不是人受的。小脚一双，眼泪一缸……是四岁那年缠上的。不裹大拇哥，只把那四个脚指头缠好，压到大拇哥下头。用白棉布裹紧……为啥用白棉布？白棉布涩啊，不会松动。这么缠上两三年，再把脚面压弯，弯成月亮一样，再用布密缝……疼呢。肉长在谁身上谁疼呗。白天缠上，到了晚上放放，白天再缠，晚上再放。后来疼得受不了了，就自己放开了，说啥都不再缠。"她羞赧地笑了，"我娘说我要是不缠脚，就不让我吃饭，我就不吃。后来还是她害怕了，撬开了我的嘴，给我喂饭。我奶奶说我要是不缠脚就不让我穿鞋。不穿就不穿，我就光着脚站到雪地里……到底她们都没抗过我。不过，"她顿了顿，"我也遭到了报应，嫁到了杨庄。我这样的脚，城里是没人要的，只能往乡下嫁，往穷里嫁。我那姊妹几个，都比我嫁得好。"

"你后悔了？"

"不后悔。就是这个命。要是再活一遍，也还是缠不成这脚。"她说。

有时候，她也让我讲讲。

"说说外头的事吧。"

我无语。说什么呢？我不知道该说什么。转了这么一大圈，又回到这个小村落，我忽然觉得：世界其实不分什么里外。外面的世界就是里面的世界，里面的世界就是外面的世界，二者从来就没有什么不同。

偶尔，街坊邻居谁要是上火头疼流鼻血，就会来找她。她就用玻璃尖在他们额头上扎几下，放出一些黑黑的血。要是有不满周岁的孩子跌倒受了惊吓，也会来找她，她就把那孩子抱到被惊吓的地方，在地上画个圆圈，让孩子站进去，嘴里喊道："倒三圈儿，顺三圈儿。小孩魂儿，就在这儿。拽拽耳朵筋，小魂来附身。还了俺的魂，来世必报恩。"然后喊着孩子的名字问："来了没有？"再自己回答："来了！来了！"

有一次，给一个孩子叫过魂后，我听见她在院子里逗孩子猜谜语。孩子才两岁多，她说的谜语他一个都没有猜出来。基本上她都在自言自语："……俺家屋顶有块葱，是人过来数不清。是啥？……是头发。一母生的弟兄多，先生兄弟后有哥。有事先叫兄弟去，兄弟不中叫大哥。是啥？……是牙齿。红门楼儿，白插板儿，里面坐个小耍孩儿。是啥？是舌头。还有一个最容易的：一棵树，五把杈，不结籽，不开花，人人都不能离了它。是啥？……这都猜不出来呀……"

这是手。我只猜出了这个。

我的身子日益笨重起来，每天早上起床，她都要瞄一眼我的肚子，说一句："有苗不愁长呢。世上的事，就数养孩子最见功。"

董也越来越不放心，隔三岔五就到杨庄来看我，意思是想要我回县城去。毕竟那里的医疗条件要好得多，有个意外心里也踏实。但这话我无法说出口。她不走，我就不能离开。我知道她不想走，那我也只能犟着。终于犟到夏天过去，我怀胎七月的时候，她忍不住了，说："你走吧。跟你公公婆婆住一起，有个照应。"

"那你也得走。"我说，"你要是不想跟哥哥们住，我就再在县城租个房子，咱俩住。"

"租啥房子，别为我作惊作怪的。"她犹豫着，终于松了口，"我又不是没孙子。我哪个孙子都孝顺。"

她把换洗的衣服打了个包裹，来到了县城，开始在两个哥哥家轮住。要按大哥的意思，是想让奶奶常住他家的。但是大嫂不肯，说："万一奶奶想去老二家住呢？我们不能霸着她呀。人家老二要想尽孝呢？我们也不能拦着不让啊。"这话说得很圆，于是也就只有让奶奶轮着住了。这个月在大哥家，那个月在二哥家，再下一个月到大哥家。

她不喜欢被轮着住。我想，哪个正常的老人都不会喜欢被轮着住。——这真是一件残酷的事，是儿女们为了均等自己的责任而做出的最自私最恶劣的事。

"哪儿都不像自己的家。到哪家都是在串亲戚。"她对我说。

有我在，她是安慰的。我经常去看她，给她零花钱，买些菜过去，有时我会把她请到我家去吃饭。每次说要请她去我家，她都会把脸洗了又洗，头发梳了又梳，她不想在我公婆跟前显得不体面。在我家无论吃了什么平凡的饭菜，她回去的表情都是喜悦的。能被孙女请去做客，这让她在孙媳妇面前，也觉得自己是体面的。——我能给予她的这点心酸的体面，是在她去世之后，我才一点一点回悟出来。

10

在大哥家的日子让她这辈子的物质生活到达了丰盛的顶端：在席梦思床上睡觉，在整体浴室洗澡，在真皮沙发上看电视，时不时就下馆子吃饭。大哥让她吃什么，她就吃什么。大哥让她喝什么，她就喝什么。当着他们，她只说："好。"大哥很是欣慰和自豪，甚至为此炫耀起来。他认为自己尽孝的方式也在与时俱进。我不止一次听他说："奶奶说她喜欢万福饭店的清蒸鲈鱼。""奶奶说她喜欢双贵酒楼的太极双羹。"

我不信。悄悄问她，她抿嘴一笑，"哪儿能记住那些花哨名儿，反正都好吃。"不过，对日本豆腐她倒是印象深刻，"啥日本豆腐，我就不信那豆腐是日本来的。从日本运到这儿，还不馊？"

夏天，大哥家里的空调轰轰地响着。他们一出门，她就把空调关了。

"冬天不冷，夏天不热。就不是正经日子。"她说。

"热不着也冻不着，不是福气吗？"我问。

"冬天就得冷，夏天就得热。"她说，"不是正经日子，就不是正经福气。"

吃着大棚里种出来的不分时节的蔬菜，她也会唠叨："冬天就该吃白菜，夏天就该吃黄瓜。冬天的黄瓜，夏天的白菜，就是没味儿。"

"你知道这些菜有多贵吗？"

"是吃菜，又不是吃钱。"她说，"再贵也还是没味儿。"

看到大嫂二嫂都给儿子们买名牌服装，她就教训我，"越是娇儿，越得贱养。这么小的孩子，吃上不耽误就中，穿上可别太惯了。一年一长个子，穿那么好有什么用。"

"你就只会说我，怎么不说她们？"我说，"吃柿子拣软的捏！"

"看你这个柿子多软呢。"她不由得笑了，"好话得说给会听的人。媳妇的心离我百丈远，只能说给闺女听。"

"你的好话还不就这几句？我早就背会了。"

"好文不长，好言不多。背会了没用，吃透了才中。"

…………

那天，小侄子的随身听在茶几上放着，她突然有些不好意思地指了指，问我这是做什么用的。我说可以听音乐。她害羞地沉默着，我明白过来，连忙去找磁带，找了半天，都没有合适的。只好放了一盘贝多芬的《命运》。

听了大约十几分钟，她把耳机取了下来。

"好听。"她说，"就是太凉。"

她也看电视。有时候，我悄悄地走进大哥家，就会看见她正规规矩矩地坐在那台三十四英寸的大彩电面前，静静地看着屏幕，很专注的样子。边看她边自言自语。

"这嗓子真亮堂。一点儿都不费力。"是宋祖英在唱歌。

"可不是，那时候穿的就是这衣裳。"画面上有个女人穿着旗袍。

"哎呀，咋又死了个人？"武侠片。

大哥回来，看的都是体育节目。她也跟着看。一边叹息：滑冰的人在冰上滑，咋还穿那么少？不冻得慌？那么多人拍一个球，咋就拍不烂？谁负责掏钱买球？开始我们还解释得很耐心，后来发现这些问题又衍生出了新的问题，简直就是一个无穷无尽的连环套，不由得就有些气馁，解释的态度就敷衍起来。她也就不再问那么多了。

一九九八年“法兰西之夏”世界杯，我天天去大哥家和他们一起看球。二哥也经常去。哥哥们偶尔会靠着她的肩膀或是枕在她的腿上撒撒娇。——她现在唯一的作用似乎只是无条件地供我们撒娇。多年之后，我才明白：能容纳你无条件撒娇的那个人，就是你生命里最重要的人。她显然也很享受哥哥们的撒娇。球赛她肯定是看不懂的，却也不去睡，在我们的大呼小叫中，她常常会很满足地笑起来。

看到球员跌倒，她会说：“疼了吧？多疼。快起来吧。”

慢镜头把这个动作又回放了一遍，她道：“咋又跌了一下？”

球进了网，她说：“多不容易。”

慢镜头回放，她又道：“你看看，说进就又进了一个。”

我们大笑，对她解释说这是慢镜头回放，是为了让观众看得更清楚些。

“哦，不算数啊。”她不好意思地笑了，“这我哪儿懂。”

刚才进球的过程换了个角度又放了一遍慢镜头。

“看看，又进了。又进了。”她说。听我们一片静默，她忐忑起来：“这个算数不算数？”

　　住了一段时间，她越来越多地被掺和到两个哥哥各自的夫妻矛盾中。——真是奇怪，我婚后的生活倒很太平。这让我觉得，每个人都有不安分的毒，这毒的总量是恒定的，不过是发作的时机不同而已。这事不发那事发，此处不发彼处发，迟不发早发，早不发迟发，早早迟迟总要发作出来才好。我是早发类的，发过就安分了。哥哥们和姐姐却都跟我恰恰相反。一向乖巧听话的姐姐在出嫁后着了魔似的非要生个男孩，为此东躲西藏狼狈不堪，怀了一个又一个，流产了一次又一次，现在已经有了两个女孩，那个儿子的理想还没有实现。大哥仕途顺利，已经由副职提成了正职，重权在握，趋奉者众，于是整天笙歌艳舞，夜不归宿，嫂子常常为此猜疑，和他怄气。二哥自从财经学院毕业之后，在县城一家银行当了小职员，整天数钱的他显然为这些并不属于自己的钱而深感焦虑，于是他整天谋算的就是怎么挣钱。他谋算钱的方式就两种，一是炒股，二是打麻将。白天他在工作之余慌着看股市大盘，一下班就忙着凑三缺一，和二嫂连句正经话都懒得说，二嫂为此也是怨声载道。

　　没有父母，奶奶就是家长。她在哪家住，哪家嫂子就向她唠叨，然后期望她能够发发威，改改孙子们的毛病。

她也说过哥哥们几次，自然全不顶用，于是她就只有自嘲："可别说我是佘太君了，我就是根五黄六月的麦茬，是个等着翻进土里的老根子。"

我每去看她，她就会悄悄地对我讲：这个媳妇说了什么，那个媳妇脸色怎样。她的心是明白的，眼睛也是亮的。但我知道不能附和她。于是一向都是批评她："怎么想那么多？哪有那么多的事？"

"哼，我什么都知道。"她很不服气，"我又没瞎，你怎么叫我假装看不见？"

"你知道那么多有什么用？你懂不懂人有时候应该糊涂？"终于，有一次，我对她说。

"我懂，二妞。"她黯然道，"可世上的事就是这样，想糊涂的人糊涂不了，想聪明的人难得聪明。"

"这么说，我奶奶是糊涂不了的聪明人了？"我逗她。她扑哧一声笑了。

最后一次孕前检查，医生告诉我是个男孩。婆家弟兄三个里，董排行最小。前两个哥哥膝下都是女孩。

"这回你公公总算见到下辈人了。"奶奶很有些得意地说。

儿子满月那天，她和姐姐哥嫂们一起过来看我，薄棉袄外面罩着那件带花的深红色对襟毛衣。我刚上班那年花四十元给她买的这件毛衣，几乎成了她最重要的礼服。她给了儿子一个红包。

"放好。钱多。"她悄悄说。

等她走后，我把这个红包拿了出来，发现除了一张一百元，还有一张十元。——那一百元一定是哥哥们给她的，那十元一定是她自己的私房。

我握着那张皱巴巴的十元钱，终于落了泪。

11

儿子一岁的时候，我找到了一份新工作，被聘为北京一家旅游杂志驻河南记者站的记者。杂志社要求记者站设在郑州，那就必须在郑州租房子。我把这点意思透露给奶奶，她叹了口气："又跑那么远哪。"

和董商量了一下，我决定依然留在县城，陪她。董在郑州的租住地就当成我的记者站处所，他帮我另设了一个信箱，替我打理在郑州的一切事务。如果需要我出面，我就去跑几天再回来。

工作进展得很顺利。因为打着旅游的牌子，可以免费到各个景区走走，以采访为借口游玩一番。最一般的业绩每月也能卖出几个页码，运气好的时候甚至可以拉到整期专刊的版面。日子很是过得去，很对我的胃口。闲时还能去照顾照顾奶奶，好得不能再好了。

仿佛是为了应和我留下来的决定，不久，她就病了，手颤颤巍巍的，拿不起筷子，系不住衣扣。把她送到医院做了CT，诊断结果是脑部生了一个很大的瘤，虽然是良性的，却连着一个大血管，还压迫着诸多神经，如果不做手术切除，她很快就会不行。然而若要做，肯定又切不干净。我们兄弟姊妹四个开了几次会，商量到底做不做手术——她已经七十九岁，做开颅手术很冒险。总之，不做肯定是没命。做了呢，很可能是送命。

我们去征求她的意见。

"我的意思，还是回家吧。"她说，"我不想到了了还光头拔脑，破葫芦开瓢的，多不好。到地底下都没法子见人。"

"你光想着去地底下见人，就没想着在地面上多见见我们？"我笑。

"我不是怕既保不了全尸又白费你们的钱吗？你们的钱都不是好挣的。"

"我们四个供你一个，也还供得起。"大哥说。

"那，"她犹豫着，"你们看着办吧。"

两周的调养之后，她做了开颅手术，手术前，她果然被剃了光头。她自言自语道："唉，谁剃头，谁凉快。"

"奶奶。"我喊她。

"哦。"

"你知不知道现在很多女明星都剃了光头？你赶了个潮流呢。"

"我不懂赶啥潮流。"她笑，"我知道这是赶命呢。"

被剃头时她闭着眼躺着的样子，非常乖，非常弱。像个孩子。

瘤子被最大限度地取了出来。手术结束后，医生说，理论上讲，瘤根儿复发的速度很慢，只要她的情绪不受什么大的刺激，再活十年都没有问题。她的心脏状况非常好，相当于二三十岁年轻人的心脏。

我们轮流在医院照顾她。大哥的朋友，二哥的朋友，我的朋友，姐姐的亲戚，都来探望，她的病房里总是一番欣欣向荣的景象。大约从来没有以自己为中心这么热闹过，一次，她悄悄地对我说："生病也是福。没想到。"

总共两个月的术后恢复期。到后一个月，哥哥们忙，就很少去医院了。嫂子们自然也就不见了踪影，医院里值班最多的就是我和姐姐。姐姐的儿子刚刚半岁，三个孩子，比不上我闲，于是我就成了老陪护。

"二妞，"她常常会感叹，"没想到借上你的力了。"

"什么没想到，你早就打算好了。当初不让大哥调我去县里，想把我拴在脚边的，不是你是谁？"我翻着眼看她，"这下子你可遂了心了。"

"死牙臭嘴！"她骂，"这时候还拿话来怄我。"

渐渐地，她能下床了。我就扶她到院子里走走，说些小话。有一次，我问她："你有没有？"

"有啥？"

"你知道。"

"我知道？"她迷惑，"我知道个啥？"

"那一年，我们吵架。你说有了不能指靠的男人，也是守寡……"

"我胡说呢。"她的脸红了，"没有。"

"别哄我。我可是个狐狸精。"

"还不是你爷爷。"她的脸愈发红了。这说谎的红看起来可爱极了。

"我不信。"我拖长了声音，"你要再不说实话，我可不伺候你了。"

她沉默着，盯着脚下的草。很久，才说："是个在咱家吃过派饭的干部，姓毛……"

"毛干部。"

"别喊。"她的脸红成了一块布，仿佛那个毛干部就站在了眼前。然后她站了起来："唉，该吃饭了。"她拍拍肚子，"饿了。"

她是在夜晚关灯之后，接着讲的。

那是在一九五六年底，县里在各乡筹建高级农业生产合作社，派了许多工作组下来。村里人谁都想要工作组到自己家里吃派饭，一是工作组的人都是上头下来的，多少有些面子。自家要是碰到了什么事，好跟他张口。二是工作组的人在哪家吃饭都不白吃，一天要交一斤粮票：早上三两，中午四两，晚上三两。还有四毛钱：早上一毛钱，中午和晚上各一毛五。这些钱粮工作组的人是吃不完的，供派饭的人家就可以把余额落了，赚些小利。

她原来没想去争，只等着轮。"可等来等去发现轮到的总是你小改奶奶那几个强势的人家。我心里就憋屈了。"她说。那天，她在门口，看见村长领着一个戴眼镜的人往村委会走，就知道又要派饭了。她就跟了去，小改已经等在那里了。一见她来，劈头就说："你一个寡妇家，还是别揽这差事吧。"

"我一听就恼了。我就说：我一个寡妇家怎么啦？我为啥当的寡妇？我男人是烈士，为革命掉的脑袋！我是烈属！为革命当的寡妇！我行得正，走得端，不怕是非！我就要这派饭！我能完成任务！"

话到这份儿上，他们也只好把这派饭给了她。派饭期是两个月，吃住都在一起。

"有白面让他吃白面，有杂面让他吃杂面。我尽量做得可口些。过三天他就给我交一回账。怕我推辞，他就把粮票和钱压在碗底儿。他也是迂，我咋会不要呢？……开始话也不多，后来我给他浆洗衣裳，他也给我说些家常，慢慢地，心就稠了……"

再后来，县里建了耐火材料厂，捆耐火钢砖的时候需要用稻草绳，正好我们村那一年种了稻，上头让村民们搓稻草绳支援耐火厂，每家每天得交二十斤。那些人口多的家户，搓二十斤松松的，奶奶手边儿没人，交这二十斤就很艰难。

"到了黄昏，他在村里办完了事，就替我把稻草领回来，先洇上水，洇上水草就润了，有韧劲了，不糙了，好搓。吃罢了饭，他就过来帮我搓草绳。到底是男人的手，搓得有劲儿，搓得快……"

"搓着搓着，你们俩就搓成了一根绳？"

"死丫头！"她笑起来。

我问她有没有人发现他们的事，她说有。那时候家家都不装大门，听窗很容易。发现他们秘密的人，就是小改。她记挂着没抢到派饭的仇，就到村干部那里告了他们的黑状。他们自然是异口同声地否认。

"他不慌不忙地对大家伙儿说：你们听我姓毛的一句话，这事绝对没有！你小改奶奶说：你姓毛的有啥了不起！说没有就没有？你就不会犯错误？这可让他逮住了把柄，他红头涨脸地嚷：你说姓毛的有啥了不起？毛主席还姓毛呢！你说毛主席有啥了不起？你说毛主席也会犯错误？我看你就是个现行反革命！一句话把你小改奶奶吓得差点儿跪下，再也不敢提这茬了。"她轻轻地笑出来，"看他文绉绉的，没想到还会以蛮耍蛮。也对。有时候，人不蛮也得蛮呢。"

"还怀过一个。"沉默了很久，她又说。

我怔住。

"那该怎么办啊？"半天，我才问。

"那一年，就说去打探你爷爷的信儿了，出去了一趟。

做了。"

原来她说那一年去找爷爷，就是为了这个。

"那他知道不知道？"

"没让他知道。"她说。她也曾想要去告诉他，却听村干部议论，说他因在"大鸣大放"的时候向上头反映说一个月三十斤粮食不够吃，被定性是在攻击国家的粮食统购统销政策，成了右派，正在被批斗。她知道自己不能说了。

"他知道了又咋的？白跟着受惊吓。"

"你就不怕自己有个三长两短？"

"富贵在天，生死由命。不想那么多。"

"你不恨他？"

"不恨。"

"你不想他？"

"不想。"

"要是不想早就忘了，"我说，"还记得这么真。"

"不用想，也忘不掉。"她说，"钉子进了墙，锈也锈到里头了。"

"你们俩要是放到现在……"我试图畅想，忽然又觉得这畅想很难进行下去，就转过脸问她，"是不是觉得我们现在的日子特别好？"

"你们现在的日子是好。"她笑了笑,"我们那时的日子,也好。"

我再次怔住。

12

她去世后的第二年,一天,我去帮婆婆领工资,正赶上一帮老人的工资户头换了代理银行,所有储户都需要重新填详细资料。其实也没几项,但对于那些得戴着花镜才能看清字迹的老人来说,就很是琐碎辛苦。先是一个老人让我帮着填。我就填了。结果一发而不可收,很多老人都挤过来让我帮忙。在人群中,有个老人也递来了身份证。我一看,他姓毛。一九二〇年出生。

"你当年下过乡吃过派饭?"

"你咋知道?"他说,"你认得我?"

"不认得,冒猜的。"我说,"你在哪里下过乡?"

"高村、马庄、五里源……"

"杨庄去过吗?"

"去过。"

我没再问,他也没再说,他看着我的脸。一眼,又一眼。我规规矩矩地给他填好表，双手递给他。

"谢谢。"他说。

"谢谢。"我也在心里说。我就是想感谢他。哪怕就是因为奶奶为他堕过胎，流过产，我也想感谢他。哪怕他不是那个人，仅仅因为他姓毛，我也想感谢他。

13

她很快就恢复了健康。住院费是两万四。每家六千。听到这个数字，她沉默了许久。

"这么多钱，你们换了一个奶奶。"

生活重新进入以前的轨道。她又开始在两家轮住，但她不再念叨嫂子们的闲话了——每家六千这笔巨款让她噤声。她觉得自己再唠叨嫂子们就是自己不厚道。同样地，对两个孙女婿，她也觉得很亏欠。

"你们几个嘛，我好歹养过，花你们用你们一些是应该的。人家我没出过什么力，倒让人家跟着费心出钱。过意不去。"

"你的意思是说，我以后也不该孝敬公婆?"我说，"反正他们也没有养过我。"

"什么话！"她喝道。然后，很温顺地笑了。

冬天，家里的暖气不好，我就陪她去澡堂洗澡，一周一次。我们洗包间。她不洗大池。她说她不好意思当着那么多人赤身露体。我给她放好水，很烫的水。她喜欢用很烫的水，说那样才痛快。然后我帮她脱衣服。在脱套头内衣的时候，我贴着她的身体，帮她把领口撑大，内衣便裹着一股温热而陈腐的气息从她身上弥漫开来。她露出了层层叠叠的身体。这时候的她就开始有些局促，要我忙自己的，不要管她。最后，她会趁着我不注意，将内裤脱掉。我给她擦背，擦胳膊，擦腿，她都是愿意的。但是她始终用毛巾盖着肚子，不让我看到她的隐秘。穿衣服的时候，她也是先穿上内裤。

对于身体，她一直是有些羞涩的。

刚刚洗过澡的身体，皮肤表层还含着水，有些涩，内衣往往在背部卷成卷儿，对于老人来说，把这个卷儿拽展也是一件很吃力的事。我再次贴近她的身体，这时她的身体是温爽的，不再陈腐，却带着一丝极淡极淡的清酸。

冬天过去，就是春天。春天不用去澡堂，就在家里洗。一周两次。夏天是一天一次，秋天和春天一样是一周两次，然后又是春天。日子一天天过去，平静如流水。似乎永远可以这样过下去。

但是，这个春天不一样了。大哥和二哥都出了事。

大哥因为渎职被纪检部门执行了"双规"，一个星期没有音信。大嫂天天哭，天天哭。我们就对奶奶撒谎说他们两口子在生气，把她送到了二哥家。一个月后，大哥没出来，二哥也畏罪潜逃。他挪用公款炒股被查了出来。二嫂也是天天哭，天天哭。我又把奶奶送到了姐姐家。

她终于不用轮着住了。

三个月后，哥哥们都被判了刑。大哥四年，二哥三年。我们统一了口径，都告诉奶奶：大哥和二哥出差了，很远的差，要很久才能回来。

"也不打个招呼。"她说。

一个月，两个月，她开始还问，后来就不问了。一句也不问。她的沉默让我想起父亲住院时她的情形来。她怕。我知道她怕。

她沉默着。沉默得如一尊雕塑。这雕塑吃饭，睡觉，穿衣，洗脸，上卫生间……不，这雕塑其实也说话，而且是那种最正常的说。中午，她在门口坐着，邻居家的孩子放学了，蹦蹦跳跳地喊她：

"奶奶。"

"哦。"她说,"你放学啦?"

"嗯!"

"快回家吃饭。"

孩子进了家门,她还在那里坐着。目光没有方向,直到孩子母亲随后过来。

"奶奶还不吃饭啊?"——孩子和母亲都喊她奶奶,是不合辈分规矩的,却也没有人说什么,大家就那么自自然然地喊着,仿佛到了她这个年岁,从三四岁到三四十岁的人喊奶奶都对。针对她来说,时间拉出的距离越长,晚辈涵盖的面积就越大。

"就吃。"奶奶说,"上地了?"

"唉。"女人搬着车,"种些白菜。去年白菜都贵到三毛五一斤了呢。"

"贵了。"奶奶说,"是贵了。"

话是没有一点问题,表情也没有一点问题,然而就是这些没问题的背后,却隐藏着一个巨大无比的问题:她说的这些话,似乎不经过她的大脑。她的这些话,只是她活在这世上八十多年积攒下来的一种本能的交际反应。是一种最基础的应酬。说这些话的时候,她的魂儿在飘。飘向县城她两个孙子的家。

　　我当然知道。每次去姐姐家看她，我都想把她接走。可我始终没有。我怕。我把她接到县城后又能怎么样呢？我没办法向她交代大哥和二哥，即使她不去他们家住，即使我另租个房子给她住，我也没办法向她交代。我知道她在等我交代。——当然，她也怕我交代。

　　二〇〇二年麦收后的一个星期天，我去姐姐家看她。她不在。邻居家的老太太说她往南边的路上去了。南边的路，越往外走越靠近田野。刚下过雨，田野里麦茬透出一股霉湿的草香味。刚刚出土的玉米苗叶子上闪烁着翡翠般的光泽。我走了很久，才看见她的背影。她慢慢地走着。路上还有几分泥泞，一些坑坑洼洼的地方还留着不少积水——因为经常有农民开拖拉机从这条路上轧过，路面被损害得很严重。我看见，她在一个小水洼前站定，沉着片刻，准确地跨了过去。她一个小水洼一个小水洼地跨着，像在做着一个简单的游戏。她还不时弯腰俯身，捡起散落在路边的麦穗。等我追上她的时候，她手里已经整整齐齐一大把了。

　　"别捡了。"我说。

　　"再少也是粮食。"

　　"你捡不净。"

"能捡多少是多少。"

于是我也弯腰去捡。我们捡了满满四把。奶奶在路边站定，用她的手使劲儿地搓啊，搓啊，把麦穗搓剩下了光洁的麦粒。远远地，一个农民骑着自行车过来了，她看着手掌里的麦粒，说："咱这两把麦子，也搁不住去磨。给人家吧。给人家。"

我从她满是老人斑的手里接过那两把麦粒。麦粒温热。

那天，我又一次去姐姐家看她。吃饭的时候，她的手忽然抖动了起来，先是微微的，然后越来越快，越来越剧烈。我连忙去接她的碗，粥汁儿已经在霎时间洒在了她的衣服上。

她的脑瘤再次复发了。长势凶猛。医生说：不能再开颅了，只能保守治疗。——就是等死。

奶奶平静地说："回家吧。回杨庄。"

出了村庄，视线马上就会疏朗起来。阔大的平原在面前徐徐展开。玉米已经收割过了，此时的大地如一个柔嫩的婴儿。半黄半绿的麦苗正在出土，如大地刚刚萌芽的细细的头发，又如凸绣在大地身上的或深或浅的睡衣的图案。是的，总是这样，在我们豫北的土地上，不是麦子，就是

玉米，每年每年，都是这些庄稼。无论什么人活着，这些
庄稼都是这样。它们无声无息，只是以色彩在动。从鹅黄、
浅绿、碧绿、深绿到金黄，直至消逝成与大地一样的土黄。
我还看见了一片片的小树林。我想起春天的这些树林，阳
光下，远远看去，它们下面的树干毛茸茸地聚在一起，修
直挺拔，简直就是一枚枚排列整齐的玉。而上面的树叶则
在阳光的沐浴下闪烁着透明的笑容。有风吹来的时候，它
们晃动的姿态如一群嬉戏的少女。是的，少女就是这个样
子的。少女。她们是那么温柔，那么富有生机。如土地皮
肤上的晶莹绒毛，土地正通过她们洁净换气，顺畅呼吸。

　　我和奶奶并排坐在桑塔纳的后排。我在右侧，她在左
侧。我没有看她。始终没有。不时有几片白杨的落叶从我
们的车窗前飘过。这些落叶，我是熟悉的。这是最耐心的
一种落叶。从初秋就开始落，一直会落到深冬。叶面上的
棕点很多，有些像老年斑。最奇怪的是，它的落叶也分男
女：一种落叶的叶边是弯弯曲曲的，很是妖娆妩媚。另一
种落叶的叶边却是简洁粗犷，一气呵成。如果拿起一片使
劲儿地嗅一嗅，就会闻到一股很浓的青气。

　　"到了。"我听见她说。是的，杨庄的轮廓正从白杨树
一棵一棵的间距中闪现出来，越来越近，越来越近。

14

那些日子，我和姐姐在她身边的时间最久。无论对她，对姐姐，还是对我，似乎只有这样才最无可厚非。三个血缘相关的女人，在拥有各自漫长回忆的老宅里，为其中最年迈的那个女人送行，没有比这更自然也更合适的事了。

她常常在昏睡中。昏睡时的她很平静。胸膛平静地起伏，眉头平静地微蹙，唇间平静地吐出几句含混的呓语。在她的平静中，我和姐姐在堂屋相对而坐。我看着电视，姐姐在昏暗的灯光下一边打着毛衣一边研究着编织书上的样式，她不时地把书拿远。我问她是不是眼睛有问题，她说："花了。"

"才四十就花了？"

"四十一了。"她说，"没听见俗话？拙老太，四十边。四十就老了。老就是从这些小毛病开始的。"她摇摇脖子，"明天割点豆腐，今天东院婶子给了把小葱，小葱拌豆腐，就是好吃。"

我的姐姐，就这样老了。我和姐姐，也不过才差八岁。

她在里间叫我们的名字，我们跑过去，问她怎么了。

她说她想大便。她执意要下床。我们都对她说，不必下床。就在床上拉吧。——我和姐姐的力气并在一起，也不能把她抱下床了。

"那多不好。"

"你就拉吧。"

她沉默了片刻。

"那我拉了。"她说。

"好。"

她终于放弃了身体的自尊，拉在了床上。这自尊放弃得是如此彻底：我帮她清洗。一遍又一遍。我终于看见了她的隐秘。她苍老的然而仍是羞涩的隐秘。她神情平静，隐秘处却有着紧张的皱褶。我还看见她小腹上的妊娠痕，深深的，一弯又一弯，如极素的浅粉色丝缎。轻轻揉一揉这些丝缎，就会看见一层一层的纹络潮涌而来，如波浪尖上一道一道的峰花。——粗暴的伤痕，优雅的比喻，事实与描述之间，是否有着一道巨大的沟壑？

我给她清洗干净，铺好褥子，铺好纸。再用被子把她的身体护严，然后靠近她的脸，低声问她："想喝水吗？"

她摇摇头。

我突然为自己虚伪的问话感到羞愧。她要死了。她也知道自己要死了，我还问她想不想喝水。喝水这件事，对她的死，是真正的杯水车薪。

但我们总要干点什么吧，来打发这一段等待死亡的光阴，来打发我们看着她死的那点不安的良心。

她能说的句子越来越短了。常常只有一两个字："中""疼""不吃"。最长的三个字，是对前来探望的人客气："麻烦了。"

"嫁了。"一天晚上，我听见她呓语。

"谁嫁？"我接着她的话，"嫁谁？"

"嫁了。"她不答我的话，只是严肃地重复。

我盯着黑黢黢的屋顶。嫁，是女人最重要的一件事。在这座老宅子里，有四个女人嫁了进来，两个女人嫁了出去。她说的是谁？她想起了谁？或者，她只是在说自己？——不久的将来，她又要出嫁。从生，嫁到死。

嫂子们也经常过来，只是不在这里过夜。哥哥们不在，她们还要照顾孩子，作为孙媳妇，能够经常过来看看也已经抵达了尽孝的底线。她们来的时候，家里就会热闹一些。我们几个聊天，打牌，做些好吃的饭菜。街坊邻居和一些奶奶辈的族亲也会经常来看看奶奶。奶奶多数时间都在昏睡——她昏睡的时间越来越长了。她们一边看着奶奶，一边聊着各种各样的话题，偶尔会爆发出一阵欢腾的笑声。笑过之后又觉得不恰当，便再陷入一段弥补性的沉默，之后，她们告辞。各忙各的事去。

奶奶正在死去，这事对外人来说不过是一个应酬。——其实，对我们这些至亲来说，又何尝不是应酬？更长的，更痛的，更认真的应酬。应酬完毕，我们还要各就各位，继续各自的事。

就是这样。

祖母正在死去，我们在她熬煎痛苦的时候等着她死去。我甚至怀疑自己是否曾经恶毒地暗暗期盼她早些死去。在污秽、疼痛和绝望中，她知道死亡已经挽住了她的左手，正在缓缓地将她拥抱。对此，她和我们——她的所谓的亲人，都无能为力。她已经没有未来的人生，她必须得独自面对这无尽的永恒的黑暗。而目睹着她如此挣扎，时日走过，我们却连持久的伤悲和纯粹的留恋都无法做到。我们能做到的，就是等待她的最终离去和死亡的最终来临。这对我们彼此都是一种折磨。既然是折磨，那么就请快点儿结束吧。

也许，不仅是我希望她死。我甚至想，身陷囹圄的大哥和二哥，也是想要她死的。他们不想见到她。在人生最狼狈最难堪最屈辱的时刻，他们不想见到奶奶。他们不想见到这个女人，这个和他们之间有着最温暖深厚情谊的女人。这个曾经把自己的一切都化成奶水喂给他们喝的女人，他们不能面对。

这简直是一定的。

奶奶自己，也是想死的吧？先是她的丈夫，然后是她的儿子，再然后是她的儿媳，这些人在她生命里上演的是一部情节雷同的连续剧：先是短暂的消失，接着是长久的直至永远的消失。现在，她的两个孙子看起来似乎也是如此。面对关于他们的不祥秘密，我们的谎言比最薄的塑料还要透明，她的心比最薄的冰凌还要清脆。她长时间地沉默，延续的是她面对灾难时一贯的自欺，而她之所以自欺，是因为她知道：自己再也经不起了。

于是，她也要死。

她活够了。

那就死吧。既然这么天时，地利，人和。

反正，也都是要死的。

我的心，在那一刻冷硬无比。

在杨庄待了两周之后，我接到董的电话，他说豫南有个景区想要搞一个文化旅游节，准备在我那家杂志上做一期专刊。一期专刊我可以拿到八千块钱提成，是一笔不小的数目。奶奶的日子不多了。我知道。或许是一两天，或许是三四天，或许是十来天，或许是个把月。但我不能在这里等。她的命运已经定了，我的命运还没有定。她已经接近了死亡，而我还没有。我正在面对活着的诸多问题。只要活着，我就需要钱，所以我要去。

就是这样明确和残酷。

"奶奶，"我尽力让自己的声音明朗和喧闹一些，"跟你请个假。"

"哦。"她答应着。

"我去出个短差，两三天就回来。"

"去吧。"

"那我去啦。"

"去吧。"

三天后，我回来了。凌晨一点，我下了火车。县城的火车站非常小，晚上觉得它愈发的小。董在车站接我。

"奶奶怎样？"

"还好。"董说，"你还能赶上。"

我们上了三轮车。总有几辆人力三轮此时还候着，等着接这一班列车的生意。车到影剧院广场，我们下来，吃宵夜。到最熟悉的那家烩面摊前，一个伙计正在蓝紫色的火焰间忙活着。这么深冷的夜晚，居然还有人在喝酒。他在炒菜。炒的是青椒肉丝，里面的木耳肥肥大大的。看见我们，他笑道："坐吧。马上就好。"

他的眼下有一颗黑痣。如一滴脏兮兮的泪。

回到家里，简单洗漱之后，我们做爱。董在用身体发出请求的时候，我不假思索地就接受了。他大约是觉得歉疚，又轻声问我是否可以，我知道他是怕奶奶的病影响我的心情。我说："没什么。"

我知道我应该拒绝。我知道我不该在此时与一个男人欢爱，但当他那么亲密地拥抱着我时，我却无法拒绝。也不想拒绝。我也想在此时欢爱。我发现自己此时如此迫切地需要一个男人的温暖，从外到里。还好，他是我丈夫。且正在一丈之内。这种温暖名正言顺。

奶奶，我的亲人，请你原谅我。你要死了，我还是需要挣钱。你要死了，我吃饭还吃得那么香甜。你要死了，我还喜欢看路边盛开的野花。你要死了，我还想和男人做爱。你要死了，我还是要喝汇源果汁嗑洽洽瓜子拥有并感受着所有美妙的生之乐趣。

这是我的强韧，也是我的无耻。

请你原谅我。请你，请你一定原谅我。因为，我也必在将来死去。因为，你也曾生活得那么强韧，和无耻。

15

第二天早上，我赶到杨庄，奶奶的神志出现了将近半个小时的清醒——这是她生前最后一次清醒。有那么一小会儿，房间里没有一个人。我静静地守着她，像一朵花绽放一样，我看见她的眼睛慢慢睁开了。我俯到她的眼前，她的眼睛定定地看着我。眼神如水晶般纯透、无邪，仿佛一双婴儿的眼睛。

她就那么定定地看着我，好像我是她的母亲。

"我回来了。"我说。

"好。"她说。她的胸膛有力地鼓动了几下，似乎是在积攒力气。然后，她清晰地说："嫁了。"

"谁?"

"让她们，"她艰难地说，"嫁了。"

我蓦然明白：她是在说两个嫂子。我的大愚若智的奶奶，她以为她的两个孙子已经死了。她要两个嫂子改嫁。

她怕她们和她一样年纪轻轻就守寡。

我不由得笑了。原来，对她撒谎没有一点儿必要。在她猜测的所有谜底中，事实真相已经是一种足够的仁慈。

我把嘴巴靠近她的耳朵。我喊："奶奶。"

"哦，"她最后一次喊我，"二妞。"

"你别担心。"我说，"他们都没有死。"

她的眼睛一下子亮得吓人。

"他，们，两，个，都，好，好，的。"我一字一字地说。

她不说话，眼睛里的光暗了下去。我知道她是在怀疑我。用她最后的智慧在怀疑我。

"他，们，都，不，听，话。犯，了，错，误。被，关，起，来，了。"我说，"教，育，教，育，就，好，了。"

慢慢地，奶奶的嘴角开始溢出微笑。一点一点，那微笑如蜜。

"好。"她说。然后她抬起手，指了指床脚的樟木箱子。我打开，在里面找出了一个白粗布包袱，里面整整齐齐地叠放着一套寿衣。宝石蓝底儿上面绣着仙鹤和梅花的图案，端庄绚丽。寿衣旁边，还有一捆细麻绳。孝子们系孝帽的时候，用的都是这样的细麻绳。

下午四点四十五分，奶奶停止了呼吸。

那些日子实在说不上悲痛。习俗也不允许悲痛。她虚寿八十三，是喜丧。有亲戚来吊唁，哭是要哭的，吃也还要吃，睡也还要睡，说笑也还是要说笑。大嫂每逢去睡的时候还要朝着棺材打趣："奶奶，我睡了。"又朝我们笑，"奶奶一定心疼我们，会让我们睡的。"

棺材是两个，一大一小。大的是她，小的是祖父。祖父的棺材里只放了他的一套衣服。他要和奶奶合葬，用他的衣冠。灵桌上的照片也是两个人的，放在一起却有些怪异：祖父还停留在二十八岁，奶奶已经是八十三岁了。

守灵的夜晚是难熬的。没有那么多床可睡，男人们就打牌，女人们就聊天。有时候她们会讲一些奶奶的事。大嫂是听大哥说的：小时候的冬天仿佛特别冷，每天早上起床的时候，奶奶都会把大哥的衣服拿到火上烤热，然后合住，尽力不让热气跑出来，她紧着步子跑到他的床边，笑盈盈地说："大宝，快起来，可热了，再迟就凉了。"大哥赖着不肯起，她就把手伸到被子里去胳肢他，一边胳肢还一边念叨："小白鸡，挠草垛，吃有吃，喝有喝……"好不容易打发他穿好了衣服，就把他抱到挨着煤灶砌着的炕床上，再从温缸里舀来水，给他洗脸。然后再喂他饭吃。温缸就是煤灶旁边嵌着的一个小缸，缸里装着水，到了冬天，这缸里的水就着炉灶的热气，总是温的。

二嫂说的自然是二哥的事，她说二哥小时候很胆小，每当在外面被人欺负了，就哭着回家喊奶奶，边喊边说："奶奶，你快去给我报仇啊。"她还讲了二哥小时候跟奶奶睡大床的事，说因为奶奶不肯让我睡大床，二哥为此得意了很久。

"那时候你是不是有老大意见？"二嫂问。

"没意见没意见。"我说，"我要是在她棺材边还抱怨小时候的事，她会半夜过来捏我鼻子的。"

她们就都笑了。笑声中，我看着灵桌上的照片，蓦然发现，二哥的面容和年轻的祖父几乎形同一人。

因为是烈属，村委会给奶奶开了追悼会。追悼会以重量级的辞藻将她歌颂了一番，说她爱国爱家，遵纪守法，和睦乡邻，处事公允。说她的美德比山高，她的胸怀比海宽，她的品格如日照，她的情操比月明。这大而无当的总结让我们又困惑又自豪，误以为是中央电视台在发送讣告。

追悼会后是家属代表发言。家属就是我们四个女人，嫂子们都推辞说和奶奶处的时间没有我和姐姐长，不适合

做家属代表。我和姐姐里，只有我出面了。我说我不知道
该说什么，姐姐道："你是个整天闯荡世界的大记者，你都
不会说，那我去说？"

众目睽睽之下，我只好站了出来。大家都静静地候着，
等我说话。等我以祖母家属的身份说话。我却说不出话来。
人群越发的静，到后来是死静，我还是说不出一个字。我
站在她的遗像前，像一个木偶。

"说一句。"主持丧礼的知事人说，"只说一句。"

于是，我说："我代表我的祖母王兰英，谢谢大家。"

然后，我跪下来，在知事人的指挥下，磕了一圈头。
回到灵棚里，一时间，我有些茫然。我刚才说了句什么？
我居然代表了我的祖母，我第一次代表了她。可我能代表
她吗？我和她的生活是如此不同，我怎么能够代表她？

——但是，且慢，难道我真的不能代表她吗？揭开
那些形式的浅表，我和她的生活难道真的有什么本质不
同吗？

我看着一小一大两个棺材。他们不像是夫妻，而像是
母子。

我看着灵桌上一青一老两张照片。也不像是夫妻，而
像母子。——为什么啊，为什么每当面对祖母的时候，我

就会有这种身份错乱的感觉？会觉得父亲是她的孩子，母亲是她的孩子，就连祖父都变成了她的孩子？不，不只这些，我甚至觉得村庄里的每一个人，走在城市街道上的每一个人，都像是她的孩子。仿佛每一个人都可以做她的孩子，她的怀抱适合每一个人。我甚至觉得，我们每一个人的样子里，都有她，她的样子里，也有我们每一个人。我们每一个人的血缘里，都有她。她的血缘里，也有我们每一个人。——她是我们每一个人的母亲。

不，还不只这些。与此同时，她其实，也是我们每一个人的孩子，和我们每一个人自己。

16

这些年来，我四处游历，在时间的意义上，她似乎离我越来越远，但在生命的感觉上，我却仿佛离她越来越近。我在什么地方都可以看见她，在什么人身上都可以看见她。她的一切细节都秘密地反刍在我的生活里，不知道什么时候就会奇袭而来，把我打个措手不及。比如，我现在过日子也越来越仔细。洗衣服的水舍不得倒掉，用来涮拖把，冲马桶。比如，用左手拎筷子吃饭的时候，手背的指关节上，偶尔还是会有一种暖暖的疼。比如，在豪华酒店赴过盛宴之后，我往往会清饿一两天肠胃，轻度的自虐可以让我在想起她时觉得安宁。比如，每一个生在一九二〇年的人都会让我觉得亲切：金嗓子周璇，联合国第五任秘书长佩雷斯·德奎利亚尔，意大利导演费里尼……

那天，我在一个县城的小街上看到一个穿着偏襟衣服的乡村老妇人，中式襻扣一直系到颈下，雪白的袜子，小小的脚，挨着墙慢慢地认真地走着。我凑上前，和她搭了几句话。

"您老高寿？"

"八十有六。"

我飞快地在脑子里算着，如果奶奶在，她比奶奶大还是小。

"您精神真好啊。"

"过一天少一天，熬日子吧。坐吃等死老无用。"

那天，我采访到了安徽歙县的牌坊村，七座牌坊依次排开，蔚为壮观。导游小姐给我们讲了个寡妇守节的故事，其实也都听说过：一个壮年失夫的少妇每到深夜便撒一百铜钱于地，然后摸黑一一捡起，若有一枚找不到，就决不入睡。待捡齐后，神倦力竭，才能乏然就寝——只能用乏然，而不能用安然。

我微笑。这个少妇能够以撒钱于地的方式来转移自己和娱乐自己，生活状况还是不错的。而我的祖母，这位最没有生计来源的农妇，她尚没有这种游戏的资本和权利。一个又一个漫漫长夜，用来空落落地怀想和抒情，这对她来说是太奢侈了，她和自己游戏的方式多么经济实惠：只有织布。只有那一匹又一匹三丈六尺长二尺七寸宽的白布。

那天，我在图书馆查阅资料，翻到一本关于小脚的书，著作者叫方绚，清朝人。书名叫《香莲品藻》，说女人小脚有三贵，一曰肥，二曰软，三曰秀。说脚的美丑分九品：神品上上，妙品上中，仙品上下，珍品中上，清品中中，艳品中下……还说了基本五式：莲瓣、新月、和弓、竹萌、菱角。而居然那么巧，在这层书架的下一格，我又随便抽到一本历史书，读到这样一条消息："……光绪二十三年（公元一八九七年），六月，梁启超、谭嗣同、汪康年、康广仁等发起成立全国性的不缠足会。不缠足会成为戊戌变法期间争女权、倡导妇女解放的重要团体，它影响深远，直至民国以后。"

那天，我正读本埠的《大河报》，突然看见一版广告，品牌的名字是"祖母的厨房"。一个金发碧眼满面皱纹的老太太头戴厨师的白帽子，正朝着我回眸微笑。内文介绍说，这是刚刚在金水路开业的一家以美国风味为主的西餐厅。提供的是地道的美式菜品和甜点：鲜嫩的烤鲑鱼，可口的三明治，美味的茄汁烤牛肉，香滑诱人的奶昔，焦糖核桃冰激凌……还有绝佳的比萨，用的是特制的烤炉，燃料是木炭。

我微笑。我还以为会有烙馍、葱油饼、小米粥，甚至腌香椿。多么天真。

那天，我在上海的淮海路闲逛，突然看到一张淡蓝色的招牌，上面是典雅的花体中英文：祖母的衣柜 Grandmother's Wardrobe——中式服装品牌专卖店 Brand Monopolized Shop of the Chinese Suit，贴着橱窗往里看，我看见那些模特——当然不是祖母模特——她们一个比一个青春靓丽——身上样衣的打折款额：中式秋冬坎肩背心，兔毛镶边，一百三十九元。石榴半吐红中绣花修身中式秋衣，一百六十元……

"小姐，请进来吧，喜欢什么可以试试。"服务生温文尔雅地招呼道。

我摇摇头，慢慢向前走去。

还会有什么是以祖母命名的呢？祖母的鞋店，祖母的包行，祖母的首饰，祖母的书店，祖母的嫁妆……甚或会有如此一网打尽的囊括：祖母情怀。而身为祖母的那些女人也许永远也不会知道，她们会成为一种商业标志，成为怀旧趣味的经典代言。

当然，这也没什么不好。

我只微笑。

我的祖母已经远去。可我越来越清楚地知道：我和她的真正间距从来就不是太宽。无论年龄，还是生死。如一条河，我在此，她在彼。我们构成了河的两岸。当她堤石坍塌顺流而下的时候，我也已经泅到对岸，自觉地站在了她的旧址上。我的新貌，在某种意义上，就是她的陈颜。我必须在她的根里成长，她必须在我的身体里复现，如同我和我的孩子，我的孩子和我孩子的孩子，所有人的孩子和所有人孩子的孩子。

——活着这件原本最快的事，也因此，变成了最慢。生命将因此而更加简约、博大、丰美、深邃和慈悲。

这多么好。

叶 小 灵
病 史

1

杨树市有四条主大街，东西向三条，南北向一条，三横一竖，组成了一个大大的"王"字。横街的名字是解放路、民主路和自由路。竖街的名字是幸福路。

我们杨庄村也有四条主大街——不，谈不上什么主不主，大不大，其实也就这么四条街。也是三横一竖，组成了一个小小的"王"字。横街的名字是：一道街、二道街和三道街。竖街的名字也很直观，叫中街。

格局大致是一样的。杨树市和杨庄村的名字，听起来也有些像兄弟。况且距离真不是很远，不过十里路。据说幸福路要是朝南一直戳下去，就能和我们村的中街连到一根线上。

　　但是，一个是村，一个是市，终究还是不一样，很不一样。

　　叶小灵的肉摊，就开在二道街和中街交会的十字口。位置很焦点。然而，更焦点的，是叶小灵和叶小灵的肉摊。

　　一般的乡村肉摊，肉上面罩的，都是或蓝或绿的窗纱。这两样颜色的窗纱罩在窗户上，自然是清凉宜人。可罩在猪肉上，却会衬出一层淡淡的紫，有些像瘀血的颜色，看着就有些瘆人。而叶小灵的肉摊上罩着的呢，却是粉红的窗纱。粉红不耐脏，一定要经常清洗。这个对叶小灵来说不是问题：没有金刚钻，不揽瓷器活儿。那纱洗得，一格儿是一格儿，哪一格都利利亮亮，清清透透。人勤手不懒，效果就在肉上显摆出来了：那粉色的肉衬着粉色的纱，便是一种更深更浓的粉，又娇嫩，又深润，明知肉是生的，却让人不由得就发了津液。

　　肉摊打眼，比肉摊更打眼的是摊主叶小灵。无论冬夏，她都穿着熨熨帖帖的衣服，梳着整整齐齐的头发，腰上束着雪白的荷叶边儿围裙，胳膊上戴着雪白的棉布袖套，眉清目秀地站在那里。没人的时候，她安静地看着一份《杨树日报》或者一份《读者》，有人的时候，她就戴上一双雪白的手套,从案板上的纱盖子底下取出雪亮亮的刀,笑吟吟地问来客:"你要点儿什么?"

她用的,是标准的普通话。

等切好了肉,她就用白色的塑料袋替人装好,再摘下手套,然后才到随身的小包里去取放得层次分明的零钱,一五一十地数给来客。整个动作连下来,又从容,又紧凑。又干练,又性感。

因此,自从有了她的肉摊之后,我们村的人再也不去镇上和杨树市买肉了。大家都清楚,她往那里一站,代表的就是杨树市卖肉者的最高水平。

叶小灵居然会摆肉摊。当初,我们村的人想破了脑壳,也不会想到这个。不过,叶小灵总是能让人吃惊,大家都有些习惯了。就像肉摊后的叶小灵,看起来这么漂亮,这么精神,这么能干,可是,我们村的人都知道:她有病。

她才小四十的年纪,可她的这种病,少说也得了十来年——不,不止十来年,少说也得二十来年。或者,更久。我记得有本书上说:梦做得好,就是理想。梦想这个词就是如此得来的。那梦要是做得不好呢?书上没说,我们村里人却说了。他们说:梦做得不好,就是心病。

　　叶小灵的病，就是心病。在我们杨庄村，她已经是个老病号了。

2

　　一般的庄户人家，总是有些重男轻女。这是没办法的事。谁让男孩子顶门立户来着？半夜里赶水浇地，长辈入土时抬棺领孝，家人被欺负时出气撑腰，都是男孩子扛大旗。一家子里若是男孩子多了，哪怕再为他们将来娶媳妇盖房子发愁，心里总是欢喜的。就是穷得叮叮咣咣响，也是刚刚硬硬地穷，像守着一片正长着的林子，只要看着林子一年一年噌噌地往上蹿，就觉得这日子是有想头的，心里就会滋生出一团团种出大树好乘凉的畅快。而女孩子呢？就是花朵，哪怕开得再俊俏，也是为别人酿的蜜，也是为别人打的籽儿。再说是什么贴心的小棉袄，将来随了外姓滴滴答答地去了，也免不了暖他家的多，暖自家的少。因此，往女孩子身上舍情费力，总觉得有些冤枉似的，不由得心思就淡了许多。

　　但我家对门的叶小灵，却硬是和别的女孩子的命大不一样。她一生下来就被格外看重。当然生是生得巧了些，

是得宠的由头，不过最主要的还是应了那句老话：物以稀
为贵。叶家就叶小灵这么一个独女，还是长女，下头三个
弟弟。当下三个男孩一个女，将来三门侄亲一个姑，再往
远处一推算，儿子们若是都成了家，叶叔叶婶要是在儿媳
们那里受了气，想找个安稳地方散散心住几天，能投奔着
去的，也只有这一个女儿。这么一来，叶小灵再不娇也娇，
再不贵也贵了。

　　按理说，在乡下，再娇贵的孩子也娇贵不到哪里去。
不过，叶小灵还是有些不同。首先是叶家的掌柜叶叔。在
我们杨庄，叶叔可是个会砌墙垒屋的能人，到了农闲时候，
他就会带一班子泥瓦匠，组成一个工程队，去做八乡十庄
的工程。那时节，建一座三开间的瓦房，工价是一千，建
一座五开间的瓦房，工价是一千五，一个工程下来，包工头
落下二三百、三四百块钱，那是松松的事，一年做下几个
工程，顶得上其他人家庄稼一年的收成。因此家里的余钱
就满些，叶叔的手头就松些。每到黄昏时分，叶叔快回来
的时候，叶小灵就在家门口候着他，叶叔远远地在自行车
上看见叶小灵，就会露出笑纹来，他软软地叫道："灵，快
看，爸爸给你买什么啦！"叶小灵就甩开小腿，飞快地跑上
前，一把揪下他车把上的黑包包，打开来看。里面不是瓜

子就是水果糖，要么就是花花绿绿的点心，最不济也是两个苹果三个橘子之类的时令水果。总之东西虽小，却不带重样。

其次让叶小灵与众不同的是叶小灵的二姨妈。二姨妈在市里上班。注意，是市，不是城。城有可能是说城市，也有可能是说县城。市可就是只指市了。市比城大。不然，你看现在稍微大些的卖场都叫城，服装城、电脑城、家私城、玩具城……谁敢叫服装市电脑市家私市玩具市？

市就是杨树市，二姨妈上班的单位是杨树市群英机械厂。二姨妈原来也在农村，许的亲事是个解放军，也就是叶小灵的姨父。解放军复员之后被分到了杨树市轧钢厂，成了市民，身为军属的二姨妈也就成了市民。后来轧钢厂扩大了规模，又招新职工的时候先照顾职工家属，叶小灵的二姨妈被招上了，成了正儿八经的工人。她跟前两个小子，没有女孩，就把叶小灵当女儿看了。市里的女孩兴穿什么裙子，她就给叶小灵买什么裙子。市里女孩头发上兴戴什么绸子，她就给叶小灵买什么绸子。市里女孩兴剪齐刘海，她就给叶小灵剪齐刘海，市里女孩兴把齐刘海烫了，她就把叶小灵的齐刘海给烫了。每到寒暑假，她就把叶小灵接到市里住几天。二姨妈说，她带着叶小灵走在城市的大街上，谁都看不出叶小灵是一个乡下女孩。

"生就一个城市坯子！"二姨妈得意洋洋。

回来后的叶小灵就更了不得了：更洋气了，更水灵了，更好看了。左手抱个布娃娃，右手抱个大气球，简直把我们这些乡下丫头都要馋死啦。不过，对叶小灵馋是馋，我们却都没人跟她玩。玩不起啊。她那么娇弱，那么水灵，那么干净，像一根细生生的嫩芹菜，似乎碰一碰就碎了，我们在泥巴里混大的，跟人家玩什么？怎么敢和人家玩？当然，估计叶小灵也不屑于跟我们玩。于是我们就自己玩自己的。一帮疯孩子男女不分，大小不论，清水逮蟹，浑水摸鱼，上树找鸟蛋，搬梯子捅蜂窝，玩得个天昏地暗，不亦乐乎。而叶小灵呢，就守在她的家里，大门不出，二门不迈，读她的小人书，玩她的花手帕，像公主一样待在她的宫殿和城堡里。

叶小灵小学毕业之后，考上了镇中学。那一茬我们村子考上的还有四五个人，其中还有两个女孩。按说都是一个村里出来的，村里村亲的，女孩子们又最喜欢黏黏糊糊嘻嘻哈哈，总该呼朋引伴一起上学去才是。可叶小灵不。她和谁都不一起走。她从不等人，也从不叫人等她。就是那么各走各的。

　　和她一样不合群的，还有一个男孩子，叫丁九顺，来自我们村弟兄最多的一户人家，都说他娘老子命中无女，只能生儿子。果然，大顺是逗号，九顺是句号，清一色小子。他的父母先是忙着一个一个地生孩子，生过之后又忙着一个一个地养，一个一个地养大了，又忙着一个一个地替他们造房子娶媳妇，因此也是最穷的一户人家。家里穷得简直是除了人就什么都没有了。考上镇中的丁九顺就连一辆自行车都没有。于是只有走路上学，也就孤僻了。于是，每到上学时分，在我们村道通往镇里去的路上，就出现这么一支稀稀拉拉的队伍：几辆破旧的二八式大自行车飞驰而过，然后是一辆崭新的二六式小自行车缓缓跟来，那是叶小灵的。她的车是天蓝色的，飞鸽牌。两端车把上都扎着靓丽的红纱绸，迎风飘起来的时候，如两朵小小的彩霞。最后是丁九顺，他甩开两条长腿，寂寞而矫健地走着，在树阴下，拖出一个长长的影子。

　　都说穷人的孩子早出息。这话果然不假。初中毕业之后，那一茬孩子里，只有丁九顺考上了县一中，连叶小灵都没有考上。她在家里哭了半个月，她二姨妈也在市里跑了半个月，费了八布袋子力气，让她寄读到了杨树市二十二中。二十二中离她二姨妈家很近，她就住在了二姨妈家，读起了高中。

村里人都啧啧称叹。这个叶小灵，就该是个城市人的命。按说是农村户口，能考县里的中学就算烧高香了，谁承想人家没考上县中反而上了市中！这是什么福分？这是什么机缘？这是什么阵势？都说叶小灵这一次可是凤凰栖到了梧桐树，算是卧上了正地方，一准儿不会回来了：就她那做派，那心劲儿，上完高中，考上大学，大学毕业，自然就成了城市人，到时只怕还嫌杨树市小呢，还回杨庄？

但是，让村里人没想到的是，三年后，叶小灵没有考上大学，又复读了三年，还是没有考上。她就回到了杨庄。丁九顺呢，没有考上，也没有复读。穷人的孩子早当家。他回到家，扔下书包就拿起了锄头开始下田干活，成了个壮劳力。过了不久，他有了一辆自行车，是绿色的邮递车。他在乡邮政所干上了邮递员，是临时工。

3

凤凰在梧桐树上打了个转转，又降到了土草坡。叶小灵落榜了，从杨树市回来了。而且，是说着普通话回来的。

那天，我妈去她家借簸箕，叶小灵正从堂屋出来，和她打了个照面，叶小灵问候道："你好。"

"啥？"我妈愣了。

"你好。"

"哦。"我妈这才听懂了，忍着笑回到家，对我说，她起了一身鸡皮疙瘩。

我妈说，从叶小灵说普通话那时候开始，她就已经露病了。

叶小灵回来的这一年，我正在杨树市中等师范学校读二年级。话到这儿，顺便说几句我自个儿。其实也没什么好说的。我们杨庄村女孩子们的性情和我都差不多。怎么讲呢？就是都有点儿直愣。比如，到谁家去从不敲门，无论是大门还是堂屋门，推门就进。进了门，找了座就坐下。有事说事，没事就瞎聊。看见桌上有什么东西可口，伸手就去抓吃。主家若是忘了让，我一定会主动去要，边要边数落他们小气，不怕他们心烦心疼——不想让客人吃的东西，自然是悄悄藏起来的。不用替他们操心这个。还有地里的庄稼菜蔬，谁摘谁几个玉米，谁薅谁几把小葱，都不用提。总之，就是不会客气。彼此之间需要客气的人家，几乎就是从不来往。

因此，我呢，简单地说，就是有点儿二百五。我上师范后和同寝室的人第一次吵架就是因为我的一句话。她进屋时忘了关门，我就说她："你是不是怕门把你的尾巴夹断了？"

回来就回来了，街坊邻居见了叶叔叶婶总要问一声："你家小灵回来了？"

"噢。"叶叔叶婶就都有些讪讪的，"当学生，太苦焦。"

"是苦焦哩。"

"饶是这般苦焦，再熬一两年也不一定能考上。干脆就叫她回来了。"

"就是，早回来早安心。"

可是，回来干什么呢？一般的庄户人家女儿，成了年，都是有大用处的，该下地下地，该做饭做饭，该裁剪裁剪。出过几年力，家里家外的本领都练得差不多了，媒人一上门，就该嫁人嫁人了。可叶小灵不是一般的庄户女儿，怎么能按一般庄户人家的女儿来看待？叶婶说了，让她收玉米怕划伤了她的胳膊，让她去摘棉花怕累酸了她的小腰。就是叶婶做饭，她也怕油烟味儿，躲得远远的。叶婶如果干了挑粪的活儿，叶小灵就得戴三天口罩。

什么也受不住，叶小灵就整天待在家里。街坊邻居去她家借东西，她也从不出头接待。谁要是见了叶小灵一面，就像见了仙女，能说嘴两三天。但凡有人问叶叔叶婶，你家小灵在家忙什么呢？叶叔叶婶就一个答案：洗。洗什么呢？三样：她自己，她自己的衣服，再就是他们家。他们家怎么个洗法？就是整天拿着一块抹布，东擦擦，西擦擦，擦完了一遍擦二遍，擦完了二遍擦三遍，看到的都擦，能擦的都擦，小压泵里的清水流个不停，就是为了对付我们乡下最盛产的灰尘。

但是，有一天，很稀罕的，叶小灵来找我了。

那是一个周末，我在家。睡了一个大懒觉，正准备去水池边洗脸，一抬头，看见叶小灵站在我家大门口。她穿着一件淡绿色的衬衣，外面罩着件白色毛坎，浅灰色直筒裤，黑色带襻布鞋，又清爽，又雅丽。

"二姐，你好。"她笑吟吟地说，"我可以进来吗？"

"噢。"一时间，我不知道该怎么应答，"当然，随便。"

她就款款地走了进来。

"你忙吗？"

"不忙。"

旁边放着一张小板凳，我想让她坐。很快就意识到让她坐这没擦过的凳子似乎是不合适的，于是也就不虚让了。两个人就那么直直地站着。我问："有事？"

"你，能去我家坐会儿么？"她犹豫着，脸红了，"我想和你聊会儿。"

凭什么呀？我可不想去。不过，既住个对门，抬头不见低头见的，叶小灵比我又大几岁，好歹也得叫声姐姐，巴巴地这么求上门来，真说不去，还真不好意思。硬着头皮也得上叶家走一遭。

进了叶家，我就处处觉出异样。转过叶家的影壁墙，种着一棵冬青树。这冬青树猛一看也是平常，再一看就出奇了：它格外晶亮，格外青翠，格外精神，如同挂着一树目光灼灼的眼睛，而且这些眼睛眨都不会眨，闭都不会闭，只是睁着。进了院子，水泥地面上也是一丝土都没有。再看窗棂，旧是旧，却没有蜘蛛网。窗边立的锄头，也不沾泥巴星儿。进了堂屋，迎面的八仙桌上放着暖壶和托盘。暖壶的壶盖上没有一丁点儿黑腻，托盘上蒙着一张钩花的白线罩，罩下的白茶杯一律盖着盖子，雪白如玉。只有一只不带盖子的，倒扣在茶盘里。塑料花的花瓣花叶褶皱里都没有灰尘，就连太师椅的横底木上面也游走着一道道爽洁的光亮。

总而言之，就是两个字：干净。

"都说，你整天在家打扫卫生。"我说，"都这么干净了，你还整天打扫卫生？"

"我要不整天打扫卫生，怎么可能这么干净？"叶小灵轻声道。

她把我让进了西厢房。肯定是她的闺房了，当然更是干净中的干净：小镜子擦得亮晶晶的，小被子叠得方正正的，脸盆架上的盆里盛的水清凌凌的，香皂盒里的香皂香喷喷的。还有当时最流行的蜂花洗发水、蝴蝶洗发素、宫灯奶液、友谊面霜等女孩子用的洗化用品摆在桌子上，高高低低，错落有致。一张大方凳子上放着一台黑色的录音机，上面也蒙着一条钩花白线罩。床脚还放着一个树枝形的衣帽钩，叶小灵的衣服都被衣架撑着，姹紫嫣红地挂在上面。她的床单是粉红底儿小白花，枕巾是月白底儿起着同色暗花。枕头边放着一摞高高的杂志和报纸，我定睛一看，杂志是《读者文摘》，报纸是《杨树日报》。

我坐到了她的床上，拿起一本《读者文摘》。叶小灵也坐了下来，拿的却是一份《杨树日报》。

"你在学校里看《杨树日报》么？"

"谁看这个呀。"我乐。

"这怎么行呢？杨树市作为我们这个地方的政治经济和文化中心，你怎么能不关心和了解它的现状和未来呢？"通过细致入微的打探和询问，她确定我对杨树市的认识少得可怜之后，开始滔滔不绝地向我讲述她所知道的一切：民主路的服装店，解放路的小吃店，自由路的新书店……我这才明白：她之所以主动找我聊天，只是因为我现在在杨树市上学。她希望能从我这里得到关于杨树市的最新信息。最后，她用标准的普通话语音严厉地批评我："作为一个杨树市人，你有那么多的时间在那里生活学习，却对它一无所知，真是极大的资源浪费。"

"我不是杨树市人，我是杨庄人。"我也严厉地说，"我知道杨树市的一切有什么用？"

"难道你将来不想留在杨树市？"

"不想。"

"怎么这么没有理想？"

"我就是这么没有理想。就是有理想，也不会和杨树市有关。"我说，"我比不上你，你应该去杨树市。"

不知道她有没有听出我话音里的讽意，反正她很受用地笑了。其实我对她留了一点儿小心思，没说实话。记得是谁说过：世界总有人抛弃理想，理想却从来不抛弃任何人。又是谁说过：没有理想的人就是一头猪。既然理想他老人家是这么博爱无边，我又不想当猪，自然也就有理想。女孩子的理想都和爱情有关。我也不例外。不过我的爱情确实和杨树市没什么关系：车那么多，汽油味儿总让我想恶心，到处都是灰扑扑的楼，上个厕所都得掏钱……那天我去一个市里同学家玩，一进她家的门我就退了出来：他们一家七口人，就一间半的旧平房，地上、挨墙的都是床，墙上一道道的图画都是雨水的痕迹，她的洗脸毛巾比我的还要破，她的牙刷用得都呲毛了……我真不觉得杨树市有什么好。对杨树市人的生活，我一点点儿都不羡慕。我的爱情么？就是希望未来的他人品相貌不要太差，最好在镇上有个工作，这样将来我们的生活不会太狼狈。也会有一些存款，我想吃什么就买什么……我忽然明白我为什么没有对叶小灵讲述我这个理想。什么是理想？理想应当高于生活很多。理想的个子不应该这么矮。个子这么矮的理想是没出息的。因此，确切地说，我这些想法都配不上说是什么理想。最多只能说是念头。这些卑微的念头，我没有勇气把它们供出来污染叶小灵的耳朵。

　　我问她今后怎么打算的，她收起了笑容，幽幽地叹了口气，道："不知道。不过无论怎么样，我都不会待在这里的。我的青春不该在这里虚度。"

这话的意思是她的青春该在杨树市才不虚度吧？不免让我又有些反感。我想问她：在这里的青春就一定虚度了？在杨树市的青春就一定不虚度？看了她一眼，我把这些话咽了回去，问她怎么不去找二姨妈，让她给她找个临时工，她说市里的待业青年还没处塞没处放呢，哪儿轮到她这农村户口。我又建议她，闷的话去二姨妈家住几天，她说她大表哥结婚了，去那儿住已经很不方便。

"这么说来，最好的办法，就是让你二姨妈在市里给你介绍个对象了。"

她羞涩地笑了，默认了我的推测："我姨妈说，等她忙完这一段就开始张罗我的事。"

"你会炒菜么？"

"不会。"

"你会做饭么？"

"不会。"

"你除了打扫卫生之外什么都不会？"

她不好意思地抿了抿嘴唇。

"我认为，无论你的青春在哪里度，都需要培养你独立生活的能力。"我说，"所以我建议你，除了打扫卫生，也学着干点儿别的。"

　　后来叶婶由衷地夸我是未来的人民教师，素质高，会做思想工作。说那次聊天之后，叶小灵不再执着于打扫卫生，也开始参与一些细巧轻松的家务：熬个粥，炒个菜，蒸个馒头，擀个面条什么的。我和叶小灵的交往也就此多了起来。只要是星期天我回来，她就过来找我，偶尔会在我家坐一会儿，一般都是叫我去她家，我们坐在她的闺房里，听着录音机里邓丽君的绵软之音，嗑着瓜子，喝着茶水，对一些既深奥却又不着边际的话较较真儿，其中有很多和理想有关的名人名言，她倒背如流我也反驳如流。比如她说谁谁谁说理想是世界的主宰，我说世界是理想的主宰。她说谁谁谁说生活的理想是为了理想的生活，我说只要有了自我感觉不错的生活，就等于有了理想的生活。她说谁谁谁说暂时的是现实，永生的是理想。我说暂时的是理想，永生的是现实。她说谁谁谁说理想使现实透明，我说现实使理想透明。她说谁谁谁说没有理想的人就像晕头鸡，我说有了理想的人更像晕头鸡……简直就是在玩一种语言游戏，说着说着我们就都乐不可支。

　　每次我都恋着她的小屋不肯起身，直到我妈妈在院门口大喊我的名字："二妞——屁股咋那么沉呢——赶快回家炖盆猪食儿——"

4

很快到了第二年夏天，五黄六月，焦麦炸豆。我们豫北平原，这时候可是一年里最关键的时候，是田野里的高潮。那是什么意思？乌云噙着大雨压着麦子头，麦子在地里金灿灿地长着，但老人家说那不是粮食："在地里的，就还是老天爷的。到了咱家的缸里，才是咱的。"

于是，为了粮食进仓，成为真正的粮食，家家都如打仗一样，忙里忙外，早早搜罗好了大大小小的麻袋，准备装麦子。一开了镰，就老老少少都上阵。连学校都给我们农村学生放了麦假，赶着让我们回家出把子力气。收麦子中间，要歇息一阵，这时候主妇们要做些好吃的：烙油馍，煮鸡蛋，炒豆芽，烧开水，拎到田里，这叫作"贴晌"。麦子收下，进了场地，开始碾场的时候，也还要"贴晌"。贴晌贴得厚，干活的人才能更有劲头，才能更勤谨。

叶小灵第一次去地里，不，确切地说，她第一次勉强去地里走的第一遭，就是为了送"贴晌"。那一天，我——

不，不仅是我，我相信和叶家同一块麦田的所有人都会清楚地记得。那时节，男人们打着赤膊，女人们汗流浃背，原本都正低腰下气地忙活着呢，忽然听见有人喊："快看快看，快看哪——"

声音顺着麦浪，一垄一垄传过去，于是耕者忘其犁，锄者忘其锄。整块田里的人都停了下来，抬头去看。叶小灵就在这注目礼里姗姗而来。她穿着一身白：白色绣花长袖衬衣，白色长裤，白色凉鞋，白色袜子，悠悠地骑着她天蓝色的自行车，行进在乡间的小路上。饭篮子卡在她自行车的后座夹里，她左手握着车把，右手打着一把绿底儿白花的小花伞。金黄色的麦田衬着她的一身飘飘衣袂，使得她像一捧游泳的雪，又像一朵旅行的云。

大家都怔怔地看着叶小灵来，又看着叶小灵走。像傻子一样看，又像看一个傻子。直到她的背影消失了很久很久，才开始集中讨论一个问题：这么一个大晴天，她打着把雨伞干什么？——是，到今天我们都知道夏天打伞是为了防晒，可那是八五年的豫北平原啊。请原谅我们淳朴无知的乡下人民，当时她这把小花伞确实撑大了所有人的嘴巴。

"小灵，又不下雨，你为什么打着伞？"后来，有人按捺不住好奇，问她。

"挡太阳啊。"她睁大天真的眼睛，"其实戴个帽子也可以。不过还是伞挡的范围最大。"

麦子收过，种进了玉米，脸上泛着红晕，叶小灵告诉我："我二姨妈开始托人给我介绍对象了。"

我把这个消息转述给妈妈，妈妈笑了："那是，叶小灵不嫁杨树市，谁还嫁杨树市？杨庄这小庙，哪个佛龛盛得下这座观音？再说，就是把她这座观音盛下了，谁供得起？"

不知道是谁说过：现实是此岸，理想是彼岸，中间隔着湍急的河流，行动是架在河上的桥梁。叶小灵的桥开始架了。二姨妈就是喜鹊，要把叶小灵引渡过杨树市和杨庄村之间这条烟波浩渺的银河。叶小灵开始频频往市里跑动。相亲的日子总是选在星期天，那时我一般都恰好在家。于是每次去市里之前，叶小灵就要把我叫到她的小屋里，试衣服给我看。上衣配什么马甲，马甲配什么裙子，裙子配什么鞋子，鞋子配什么发卡，头发缝劈在中间好，还是劈个偏的好？中间的端庄，偏分的洋气。口红重不重，粉是不是显得皮肤干？……琐琐碎碎一大堆。我哪儿懂这个？

只是当个观众兼听众，最后看她自言自语地拾掇妥当，出门去了，我才能长松一口气。

自然，相亲回来的时候，她也免不了向我回顾一番相亲的情形，再总结一番经验教训：哪句话似乎说得好，哪句话似乎说得不合适。她做了什么动作，那个男孩子什么反应，等等等等。有时候，相亲回来的叶小灵是高兴的。有时候，她是沮丧的。按说高兴应该是很有希望，而沮丧就是没什么希望，其实不然。最终结果往往表明，叶小灵高兴的时候，是她比较满意对方的时候，这种情况下，对方却常常不满意她。她沮丧的时候，是她不满意对方的时候，对方却有可能满意她。总之，无论是高兴还是沮丧，都是单方面的意思。一个巴掌拍不响，两耳朵就听不见喜炮声。

不过，短暂的沮丧过后，叶小灵很快就会振作起来，她说："是宝石总会发光。"

没错，是宝石总会发光，可那也得不被泥巴裹着。在杨树市面前，叶小灵被我们乡村这块大泥巴裹着，就是发不了她想要的那个光。但是她的光在乡村可是有目共睹，像月亮一样把有些人照得晕晕的。常常的，我会听到邮递员丁九顺响亮的叫喊声："叶小灵，拿章！杂志！报纸！还有信!"

这些信,多半是情书。叶小灵说,有本村的,有外村的,还有的是镇上的。她把信尾的名字盖住,给我看过那些信,信写得都很抒情。

"小灵,你是我的天使,你是我的女神,你是我今生不渝的至爱。我不知道该怎么表达对你的爱。我想说,如果你属于我,我会永远珍惜。如果你不属于我,我会永远祝福……"

"小灵,你不知道你有多么美。你的美如阳光,照亮了我的生活。看不见你的日子,都是黑暗的。看见你的时候,即使是黑夜,也是白天……"

"小灵,如果是战争年代,我可以为你无怨无悔地流血,可是现在,我能为你做什么呢?请你给我一个机会,验证一下我对你的爱。让我做什么都可以,真的……"

信纸叠的折痕很深,都快破了。叶小灵肯定看了无数遍。可看了无数遍她也不能回复。她不能回复这乡村的声音。决不。她享受着乡村对她的单相思,也熬煎着自己对杨树市的单相思。这是她从小就浸入心魂的爱情,这爱情,

如此深刻，又如此肤浅。如此庞大，又如此渺小。如此丰
盛，又如此荒凉。如此不屈不挠，又如此没着没落。

　　事情到了这里，叶小灵的病根儿已经有些清楚了：她
就是想当个城市人。更具体地说：就是想成为杨树市的人。
作为那个年代的乡下妙龄少女，她既没有门路去当临时工，
也没有晚生几年赶上最初的打工潮，她想要长久享受城市
生活的渠道，除了嫁人，没有别的路好走。当然，乡村女
孩子做这种梦的不少，但绝大多数都是眼明心亮的主儿，
晚上做梦白天醒，用自己的手指头把自己的肥皂泡戳破了，
就该干什么干什么，等到闲了，就骑上车，去到杨树市逛
一遭，既饱了眼福，又解了心痒，既不落把柄，又不成笑
话，识时务者为俊杰，做梦做事两不误。
　　可从没有见过像叶小灵这么傻到家的傻孩子。她一心
一意地要当一个真正的杨树市人，一心一意地要把自己贡
献给杨树市。那时候，每当盯着叶小灵袅袅娜娜远去的背
影，我就觉得：杨树市是个巨大的宫殿，那个和叶小灵相
亲的男人就是个皇上。叶小灵呢，只是个候选秀女，准备
进殿让人挑选。在我们杨庄，她该是最出色的苗子了吧？
还不知道能不能被挑上，当个皇后——不，也许她只是想

在这个宫殿里，当个最一般的宫女。更确切地说，到底嫁个什么人，对她来说似乎是不重要的，只要那个人不是太差，只要那个人要她。她不是要一个具体的男人来娶她，她是要杨树市来娶她：要杨树市的公园来娶她，要杨树市的大马路来娶她，要杨树市的路灯来娶她，要杨树市的高楼大厦来娶她，要杨树市所有响动着的普通话的声音来娶她——要杨树市所有城市文明的表征来娶她。

叶小灵的梦做得太深了。一头栽进去，看不出要醒的意思。说句不好听的话，年纪轻轻的叶小灵，在杨树市面前，就是一个小花痴。

5

一年后，我师范毕业回到镇上教书，叶小灵的亲事终于定了下来。

这次亲事的功劳还是她二姨妈的。那个男孩子是她同事的小姑的表叔家的孩子，在国棉三厂当维修工，一只腿有点跛。据说是得过小儿麻痹症落下的，算是半个残疾。眼下的工作也还是因为残疾才得到的，现在，他因为残疾又要得到叶小灵这个农村媳妇。——一般来说，城市第一等的自然要找城市第一等的，城市第二等的自然要找城市第二等的。不过若是第一等的误了时辰或是有了什么差错，那就要找第二等女孩里挑尖儿的。依此类推，第二等一般的可以找第三等挑尖儿的，第三等里最差的，就可以找叶小灵这种乡村挑尖儿的。这种潜规则，没人说，却都懂，也都执行得非常森严。

"什么跛，"妈妈说，"肯定就是个瘸子。"

"多难听！"

"难听还是便宜的，"妈妈说，"只怕难看加难过才是要了命的。"

我们村里的人也都没什么说的，只是叹气。

"唉！"

"唉！"

是啊，说什么好呢？似乎只有叹气。仅就人才来说，叶小灵显然是可惜了。这桩婚事是跛的，是男方杨树市市民的身份垫平了他的跛脚。可让我们这些乡下人想不通的是，嫁到了杨树市又能怎么样？不还得吃喝拉撒？不一样上床睡觉？不过，在这叹气里，惋惜中又有些赞赏的意思。那男孩子脚再跛，也是杨树市市民的脚啊。别看杨树市离我们杨庄才十里路，来去一趟容容易易的，可要真在那儿扎个窝长久住，夜里出门就是水泥柱上挂太阳的路灯，回到家就用那种不冒烟儿的什么煤气灶做饭，没事儿出去看场电影，几步路就是花红草绿的公园，清晨起个早，随便哪里都能看到老头打拳老太太扭秧歌儿，这样的日子哪是想过就能过上的呢。因此，跛就跛了，只要不耽误做男人，也就罢了。再说了，人家要是不跛，怎么会屈尊娶咱们乡下姑娘呢？

说起来，我们村的人对叶小灵的态度，是很有意思的。要说叶小灵这么一心向着杨树市，对我们村的人的自尊心，自然有一种隐隐的伤害。这不是嫌弃咱们杨庄么？这不是嫌弃咱们杨庄人么？大家心里都这么想。可当她受了杨树市的委屈，比如要嫁一个跛子的时候，大家就又站了叶小灵这一边，替着她委屈了。正如平日里，仅就村人自己背地里闲论起来，大家都是嘲笑她的。谁家的孩子行动举止略微有些离谱，让人觉得矫情了，大家就会说她："你以为你是叶小灵啊？"可若是碰见外村的人在我们村人面前夸口说他们村的姑娘如何俊俏如何洋气，我们村的人就绝不服气："能好过我们村的叶小灵？"

"叶——小——灵？"对方往往拖长声音，然后恍然大悟，"就是那个撇普通话的吧？"

——似乎叫人说嘴，似乎又叫人打嘴。似乎让人怨愤，又似乎让人心疼。似乎让人喜欢，又似乎让人难过。似乎是一个亮点，又似乎是一个污点。似乎是一个骄傲，又似乎是一个羞辱。

唉，这个叶小灵啊。

"你，真的想好了？"我问叶小灵。

"想好了。先结婚再说。"叶小灵大义凛然，"哪怕到时候离婚呢。"

她居然有这样大的谋算，我吃了一惊，突然觉得理想真是一种邪行的东西，会让人变得不像自己。我明白，叶小灵已经孤注一掷了。此刻，对她来说，成为杨树市市民就是她的头等大事。那个男孩子再跛，只要杨树市不跛，这桩婚姻就值得。

下定了心意，跟着就是订婚了。男方先买过了订婚礼，叶小灵带了回来。果然排场。两身时令衣裳，一身是白色的蝙蝠衫配红色的喇叭裤，一身是掐腰的麻纱灯笼袖上衣配碎花百褶裙，再配一黑一红两双高跟皮鞋。另外还有两个缎子被面，两个特号太平洋床单，一块最新款的梅花手表，此外还另有五百块钱礼金。说是还有食礼，改天由那男孩子亲自送上门。完了就去杨树市的饭店里办酒席，订婚。

两天之后，那男孩子上门了。他来时已经到了中午饭晌，街坊邻居都端着饭碗在我家门口吃饭。平时也都喜欢在外面吃，今天他们格外集中地聚到了我家门口，那意思很明显，就是要看看叶小灵的娇客。饭吃到一半，只听一阵铃响，一个男孩子骑着一辆崭新的二八永久自行车就过来了，在车上坐着，看不出个子。穿着件白衬衫，有些胖。棕黑的面皮，肿眼泡。这人才，说是中等都勉强了。

到了我家门口，他没下车，只是一脚支地，问："请问，叶小灵家在哪儿？"

"那儿！"十几双筷子齐齐地指着叶小灵家的门。

男孩子下车了。其实是不想下车的样子，一直把车点到了叶家大门里，才从车上下来。他一下车，自行车就有些不稳了，使劲儿趔趄了一下。男孩子连忙跐着右腿走了两步，才把车支住。然后他就消失在叶家的影壁墙后面。

"唉！"人们交换了一个眼色，又是长长地叹了口气。

"像个坏腿的圆规。"一个小孩子说。

没上过学的老人们一脸茫然，其他的人都哈哈大笑起来。

　　吃完了饭，人们仍一边聚在我家门口聊天，一边虎视眈眈地盯着叶家的大门，意思还是想再看看娇客。我回屋去了。和叶小灵交情深了之后，我不好意思老是站在那里看，觉得不厚道。后来我听妈妈讲，那男孩子出门后，看了我家门口这拨人一眼，有点儿腼腆。叶叔叶婶跟着送客，看见这一拨人，也都有些难为情。

　　叶小灵没有出来。人们都有点儿失望。谁不想看看此时此刻叶小灵的脸是红是黑是白是绿？这个站在乡村树上最高枝儿的女孩，因为想当一个市民就被杨树市的这个跛子踩在了脚下，这是得了面子还是失了面子？叶小灵如果在场，一定在神情上亮出让人兴奋的答案。

　　好在叶小灵没让大家失望太久，就在那男孩子跨上车要走的一霎，她跟了出来，手里拎着一个大包袱。人们都吃惊地看着她。之前大家都上叶家看过，那里面装的是订婚礼啊。这个叶小灵，她想干什么？杨树市不是她的理想么？难道她要破灭这个理想？

　　叶小灵脸色苍白。白得像在一张纸上画着五官。

　　她说："站住。"

　　然后，她把东西往前一送，说："拿走。"

　　所有的人都看着叶小灵。

　　叶小灵一步步上前，把大包袱卡在了那个男孩子的车后座上，然后她飞一般的跑回了自己家。

　　后来叶小灵对我说，自从开始提这门亲事，她就一直在犹豫。每去一次杨树市，她的犹豫就偏向了那个男孩子，而每看到一个走路正常的男孩子，她的犹豫就偏向了自己。

　　"今天，是我第一次看到他走路，"叶小灵说，"我从没有想到过，他走路是那样的。"

　　"你们以前不是见过几面么？"

　　"我去的时候，他就已经到了。我们坐着说会儿话，然后我先走。我一直都不敢看他。"叶小灵惨然一笑，"我一直都是自己在哄自己。"

　　"那你以后……"

　　"宁做鸡头，不做凤尾。"叶小灵说。我点点头，对她的选择表示赞同，心里想，叶小灵这样干净的人，本来就不该去做尾巴。尾巴那一块么，总是带着臭气的。哪怕是凤凰的尾巴。

　　说实话，在此之前，我一直以为叶小灵是个盲目的理想主义者，像我们斗过嘴的那个比喻一样：是只晕头鸡。

这件事情让我明白：她不是。在某种意义上，叶小灵在这件事上的表现传达出了理想这个词的基本解析：理性地想，想得理性。当理想以低劣的现实面貌出现在她面前的时候，她居然还有拒绝和修改的勇气，这证明她心里既有理想，也有现实。她的理想虽然在指导着她的现实，但她的现实也在更正着她的理想。也就是说，我和她曾经把玩过的那两句话其实都是对的：理想使现实透明。现实也使理想透明。

这件事让我对理想这个东西还有了几个小小的认识：一、如果不虚荣的话，一个人还是不要有理想的好。二、如果实在怕被人骂成猪，那就有个理想吧。不过最好和我一样，选个个头儿小点儿的。三、选过了就把它挂在墙上当画儿看，不要碰它。让理想永远成为理想吧。四、一旦你手痒碰了它，它不疼，你疼。——注意注意，这话可不是哪个名人说过的，而是我李二妞自个儿的心得哦。

6

叶小灵显然认命了，开始做乡村姑娘常做的事：打毛衣，学裁剪，喂猪，养鸡，晒麦子，磨面。也肯下地去做些简单的活计了：去菜园子里锄草，给黄瓜和豆角搭架，种玉米的时候去帮着撒种，玉米出苗的时候去间苗。当然，她还是那么爱漂亮，爱干净，每次去地里，最基本的武装是顶着太阳帽，穿着长袖衬衣，束着围裙，还戴着袖套。在她对自己的精心护理下，她一点儿都没有变得粗糙黑丑，反而因为适度的锻炼而愈加白里透红起来，像一棵盛开的指甲花。

叶小灵对杨树市死了心，我们乡村的许多男孩子的心就都活泛了起来。这个被城市歧视的乡下女孩成了我们乡村无与伦比的顶级明星。一到晚上，她家门口的口哨声就不断。——我们乡间的规矩，喜欢哪个女孩子的时候，男孩子们路过她家门前都要爱慕地吹一下口哨。有时候，和叶小灵在房间里聊天，听着外面流水般的口哨声，我就问她有没有相中的人，叶小灵就抿着嘴一笑，不作声，只是翻着《杨树日报》。没有，我知道她肯定还没有。是啊，在这个地方，有谁能那么容易就走进叶小灵的心呢？

不过，一家女，百家求。姑娘大了，就是一面旗。叶小灵早就长成了一面芬芳的旗，她的香气早就醉透了十里八庄。上门说亲的人源源不断，叶小灵见了这个，又见那个，不知相了多少次。条件好的还真不少，人才好，家世好，房子好，这都是最基本的。可叶小灵却说：这不重要。重要的是什么？没人知道。叶小灵也不和人说。她只是一次次地相着亲，一次次地拒绝着，要是换了别的姑娘，这么挑来挑去，大家早就把她的脊梁骨给戳断了，骂她眼皮浅尖，心思飘浮，没有什么正主意，难有什么好果子吃。但对叶小灵，大家就出奇地宽容和担待，凡说到她，就说："让她挑吧，可劲儿挑。她不挑人，难道叫人挑她？只要有她相中的，就好。"

果然，叶小灵挑了一茬又一茬，挑了一拨又一拨，只有她相不中的，没有相不中她的。连我们镇上最大的村的村长托人给他的儿子提亲，也被叶小灵一口回绝。一次面儿都没有见上。叶小灵说她在集上瞧见过那个男孩子，随口吐痰，胡子拉碴，拖沓得厉害。那个村长老婆下不来台面，见了我们村的人，就撒气说："哼，我们还相不中她呢。屁股胯那么小，生不出儿子。"

这不是典型的吃不着葡萄说葡萄酸么？对这个，我们村的人自然知道怎么回她："哪怕人家是个石女呢，反正又不进你们家的门，你也用不着咸吃萝卜淡操心。"

然而，等叶小灵的亲事终于定下来的时候，大家又都吃了一惊。她相中的，居然是丁九顺。

　　还真是奇怪。有些人，越是轻易见不着，见了一面，大家还都心心念念地记着。像叶小灵。而有些人呢，整天在人跟前晃着，大家却都熟视无睹。丁九顺就是这样。作为一个乡村邮递员，整天见他在乡间穿梭，却谁看他都像个透明人儿。若不是叶小灵的光照着了他，大家根本不会多看他两眼——不过，多看了两眼就发现，这个丁九顺，论起人才来，其实还是挺耐看的。细长的个子，细长的眉眼儿，浅黑匀匀的皮肤，穿着邮递员的浅绿制服，见人就笑，不称呼个什么就不开言，既和善又周全，既忠厚又机灵，是个好孩子。当然了，在邮政所当个临时投递员，也还算体面。可是，一，二，三，四……高中毕业的叶小灵到底会不会数数儿啊？他家可弟兄九个呢，为了给他前八个哥哥成家立业，他二老都把仓底儿的粮食挖卖几遍了，家里穷得真是透透亮啊。这个乡间，哪方面比他强的都大有人在，叶小灵怎么就相中了他呢？

　　"以前给你看过的那些信里头，有很多是他写给我的。"叶小灵向我坦白，"他经得起时间的考验，是真的喜欢我。"

　　"这些年，他一直在坚持读书和看报。还经常练毛笔字呢。"叶小灵又说，"我的《杨树日报》和《读者文摘》也都是他给订的。"

我哑然。这个傻丫头。他给她订了《杨树日报》和《读者文摘》，就等于把杨树市的城市生活和时尚文明给她了么？

"他知道我想的是什么，也理解我。"叶小灵接着说，"理解就是最大的喜欢，最深的爱。"

这话是放屁。三年自然灾害里，我还理解人们煮草根刮树皮呢，可没法子说是什么喜欢和爱。

但我沉默。对沉浸在爱情里的人，没什么话好说。爱情是另一种病，叶小灵从那个病里，直接掉进了这个病里：一份报纸和一份杂志代表了一份虚拟的城市生活，几封情书许诺出似乎可以依靠的爱情未来，对于叶小灵这种爱做梦正做梦几经挫折梦也还没死的女孩子来说，丁九顺使的这些招数都是杀手锏。——是的，叶小灵的城市之梦还没死，她只是把它幽闭了起来，并且因为幽闭而格外敏感地珍视相关的渠道和气息。丁九顺早就送了最合她心意的彩礼，没有比《杨树日报》更廉价也更适合叶小灵的彩礼了，那些被打败的乡村少年想破脑壳也想不出这样的彩礼来。

以毒攻毒。用最低的成本就获得了爱情的最高效益。这个丁九顺可真够绝的。不愧上过县一中。

叶小灵要嫁给丁九顺了。丁家人乐得合不拢嘴，村里人吃惊得合不拢嘴，只有叶叔叶婶悄悄地噘着嘴，又不敢违拗叶小灵的意思。怕叶小灵受委屈，他们准备了丰厚的嫁妆：杨树市最流行的组合柜，装着万向轮的可以推着到处跑的组合沙发，彩电，冰箱……应有尽有，全套置齐。自行车又买了一辆新的，永久牌。另添了一个庄户女儿们嫁妆里很少见的书柜。就连男家该备的席梦思床，也是叶家这边出的钱。——姑娘要躺几十年呢，若是因为没钱就给姑娘凑合一张床，那怎么使得？

"往后在一个村里，她过好过歹我们都能知道。也好。"那天，叶婶坐在我家门口吃饭时，忽然说。

"是啊，也好。"妈妈也连忙跟着说。我们都看出了叶婶眼里的落寞。

背地里，村子里的人们也都悄悄叹气。这叹气里有许多味道，多半是为了叶小灵。有些欣慰的意思：叶小灵终于名花有主了。又有些笑话的意思：满以为是个飞鸽牌的，没想到成了永久，挑来拣去连自己村都没走出去，有点儿太窝囊。有些可惜的意思：这般人才怎么就嫁不到杨树市呢？另有一些意思则是为了丁九顺，有些羡慕的意思：这傻小子，怎么就这么有福？不用下地去种麦，来年地里捡馒头。——不，简直就是白捡了个粮仓。有这花花朵朵的女人替他生儿育女，还有她殷实的娘家给他垫家底儿，这小子的好日子怎么说来就来了呢？还有一些意思自然是嫉妒：怎么就便宜了他？怎么就轮不到自家？

7

不用说，在我们杨庄村，叶小灵的婚礼是空前的体面。因为觉得姑娘受了委屈，娘家就格外地想要排场。而丁九顺这边呢，也觉得有些对不住叶家，沾了叶家莫大的光，自然也是竭尽全力地想要华丽起来，弥补这个亏欠。前八个哥哥给幺弟凑了一份大大的礼钱，用到了新房布置和新婚酒席上，两力会一力，婚事办得就十分风光。

先说新房。毋庸置疑，新房是按叶小灵的意思布置的。打开始布置，村里那些没事人就一天一趟一天一趟往丁家跑。也难怪大伙儿稀罕，丁家新房的布置从头到脚都和别人不一样。因为是瓦房，讲究些的人家最多打个顶棚，也就是用细竹竿儿打成小小的田字格儿，再铺上一层报纸，就完了。可丁家的新房顶棚就与众不同：全是用巴掌宽的木条儿，密密地钉成了一个严丝合缝的天花板，然后呢，在天花板上糊上了素雅的花纸。这样又平整，又好看，又不怕老鼠。地板呢，一般人家也就是抹个水泥地面。可丁家的地板用水泥铺过了面，还要再在这上面用木条打出了荷花形的模子，在这荷花模子里再铺上一层混着石子儿的水泥，这时铺的水泥就是用水红色搅拌过的，在荷花模子里铺平了红水泥，再用磨石机把这水泥面磨平，最后还要用抛光机把磨平的面儿再抛光。光得像镜子一样。这样，朵朵荷花就盛开在了叶小灵的新房地板上。工匠说：这叫水磨石地板，是杨树市的宾馆才有的。——那时候还不兴什么地板砖呢。

看的人都傻了眼。是啊，要不是杨树市有这样的地板，怎么会被叶小灵搬回我们杨庄呢？

在叶小灵的新房里，人们还发现了两样新奇的玩意儿，一是煤气灶。煤气灶，那么一个钢铁板儿，下面一个钢桶桶，就能喷出火？真是让人不敢相信。丁九顺给乡亲们试了一遍又一遍，人们才信了。还有一样是马桶。这也让人大伤脑筋：这么细白的瓷，在上面坐一坐都觉得可惜了似的，怎么还舍得用来拉屎撒尿？马桶旁边还放着一只水桶，水桶里盛满了清水。丁九顺告诉大家，这水是用来冲大小便的。把这水倒进马桶后面的水箱里，再按一下水箱上面的按钮，哗啦一声，大小便就被冲走啦。大小便冲到哪里去了？丁九顺说下面埋好了一条管道，直接通到了他们家的茅房。马桶上面为什么还有盖子？说是怕落灰尘，也是怕跑臭气。

"多干净！"人们边听边感慨，"真会想！"

"干净个啥，在屋里整天放着个撒尿拉屎的东西，能说干净？"

"虽说是撒尿拉屎，你没看人家的设备？只怕比你家的碗还白呢。"

"再白也是用来撒尿拉屎。"

"那水直接倒进去不行么？干吗要再倒进水箱里，多折腾啊。"

"水从水箱里冲出来，那劲儿才大……"

"哎，你们说，他们家的茅粪里冲进了这么多的水，"又有人想到了新问题，"那粪上到地里去，还能有肥力？"

……

这种话没个边沿儿，到后来人们哈哈一笑也就完了。讨论来讨论去，人们得出统一结论：也只有叶小灵这样的屁股，才配坐在这上面，说句刻薄话，丁九顺就是把叶小灵睡了，也是不配坐在上面的。

　　这期间，我一直陪着叶小灵一起忙，忙什么？去杨树市买结婚用品。从枕巾枕套床单被罩的大件，到牙膏牙刷针头线脑的小件，她都要坚持在杨树市买。不仅买，而且要买好的。我们俩像蚂蚁搬家似的，跑了不知道多少趟，才把东西置了个大概齐。到后来，我请假请得校长都直翻白眼："到底是你结婚还是人家结婚？"

　　"人家结婚，"我皮着脸嬉笑，"我跟着学习经验。我也总是要结婚的嘛。"

　　婚礼的前一天下午，我陪叶小灵在杨树市的大众浴池洗了个澡。那个澡，我们洗了很久。叶小灵动作很慢，一点一点地冲着全身的皮肤。我没有催她一句。毕竟，这是她少女时代的最后一个澡了。

　　"二妞。"叶小灵叫我的名字。

　　她一叫我的名字，往往都是有比较郑重的话，我连忙拎了拎精神："哦。"

　　"你说，我这一辈子是不是就这样了？"

　　这个问题难度可是太大了。我沉默了许久，才想出了既不违心又不伤她的话："那，可不一定。"

叶小灵微微一笑。

洗了将近三个小时，浑身都洗得绯红，头都有些微微晕眩了，我们才从浴池里出来。朝更衣室走去的时候，我跟在叶小灵的身后，看着她圆润的臀，纤柔的腰，秀气的肩胛，湿漉漉黑油油的长发，想到叶小灵所有婚礼用品的名字都叫作杨树市，她的心的名字也叫作杨树市，唯有她这个人的名字她结婚对象的名字和她婚礼的名字却叫作杨庄村时，我的心不由得一阵酸痛。

婚礼当天，我和叶小灵起了个绝早，去杨树市最新兴的温州发廊去盘头化妆。其实镇上也有美发店，但是在叶小灵面前，这个茬提也不要提。等到我们在温州发廊收拾完毕，太阳才刚刚升起。我和叶小灵骑着车，走在杨树市通往杨庄村的路上，默默无语。我侧脸看了一眼叶小灵。冬天的微风里，她眉毛黑浓，两颊严白，双唇血红，如贴了一层硬硬的壳，有一种戏剧的夸张和滑稽，反而不如她素日的面容鲜美和生动。

偶尔有路人和我们擦肩而过，会惊异地看她一眼。

"新媳妇。"

"可不是么？新媳妇。"

他们悄悄地议论着。是的，在这乡村的清晨，碰着这样妆容的女子，不用怀疑，她一定是新娘子。那个清晨，我就和如此妆容的叶小灵返回在杨树市通往杨庄村的路上，路的两边，是青青的麦田，无边无际。

叶小灵的婚服是一身红套裙。那可是冬天，冬天的乡下谁穿裙子就是找死，就是新娘子也不行。那时候，冬天结婚的新娘子穿的都是缎子棉袄。大红缎子起着金色的花，又热闹，又俗艳。乡下人嘛，要的就是这个意思。可叶小灵就穿上了裙子，穿上了还就那么合适。套裙整个是西式的，上衣里面套着黑色高领毛衣，下面裙子里套着黑色紧身毛裤，看着又暖和，又好看，又喜兴。

那时候最流行用响器吹打，可是叶小灵没要响器，就让人提了录音机放歌。我清楚地记得，我们在鞭炮声里走出叶家大门的时候，放的是《射雕英雄传》的主题曲："依稀往梦似曾见，心内波澜现……"

临出门前，叶小灵叫住了她妈："妈，我的小屋子，给我锁好，谁都别让住。"

叶婶点点头，大哭起来。

从南街到北街，不过是五分钟的路，叶小灵没有推自行车，也没有走路。她坐的是吉普车。这是第一辆因娶亲而进我们村用的车。是二姨妈在杨树市给叶小灵找的。我走在送亲的队伍里，远远地看着杨树市的送亲车把叶小灵送向了她在乡下的新房。叶小灵大红的套装衬着草绿色的吉普车，有着说不出的娇艳宜人，又有着一种难以言喻的清丽和哀伤。

新婚之夜，没有人闹洞房。丁九顺说叶小灵不准闹洞房，于是丁家八个哥哥就像八大金刚一样护住了新房。

"洞房不闹，子孙不到。"有上年纪的人感叹。不过话说回来，就是叶小灵允许闹新房，恐怕也没人敢闹。面对叶小灵，没人知道这新房怎么个闹法。

第三天，叶小灵和丁九顺到娘家回门，我在门口看见了他们。她喜滋滋地挎着丁九顺的胳膊，面若桃花。

8

在叶小灵幸福生活的空当里，再说几句我自己。我的终身大事也有了重要进展。我恋爱了，恋爱的对象是杨树市的人。这当然在我的意料之外。那一次，在杨树市工作的一个师范同学结婚，我去送贺礼，她突发奇想，说她未婚夫的一个密友就住在附近，要我和他们一起吃个饭。"我把他介绍给你吧。"她说。我知道这事儿没什么指望，可拒绝了又显得自己太小家子气，就说："好。"

于是那天中午，我就认识了林辉。因为知道没指望，所以我就格外大方，格外放肆，和他们天南海北，聊了个不亦乐乎。至于林辉长什么样，根本就不清楚——我从始至终都没有正眼看他一下。看什么看？看了也白看。有叶小灵为鉴，我才不讨那没趣儿呢。

第二天下午，我上完了第一节课，就把藤椅搬到了走廊上，跷着二郎腿，坐在上面开始训一个迟到的学生："哎哟，想不到你年龄不大，工作倒挺忙的，吃过饭后干什么啦？扫地、刷碗还是洗衣裳？割麦、收稻还是摘棉花？站好！小心我踢折你的腿！……噢，原来是午觉睡过头儿了？那得恭喜你，你这人不会有什么想不开的。能睡得着，还能睡过头儿，就是心宽嘛。比太平洋还宽呢。不过麻烦你，在睡午觉之前通报我一声，告诉我你准备睡过头儿，好不好？……站直了，严肃些！笑什么笑！你以为你是倾国倾城貌？再笑我就把你按到河边，让你对河水笑个够！"

可那个调皮的男生还是在笑。我以一地之王的君威缓缓转身，回头一看，林辉来了，他嘴角流溢着抑制不住的笑容："可真厉害。我说你嘴唇怎么那么薄呢。"

来了也没什么好和他说的。问他有什么事没有，他说在市里待着太闷，他来乡下换换空气。那就换吧，反正空气又不收钱。和他胡乱聊了几句，我就把他打发走了。第三天，他又来了，说想要些新鲜蔬菜，这个我家地里多的是，我就带他去采摘了些，又领他到附近的鱼塘和荷池转了一圈。路上，他问我的自行车怎么没铃没闸，我说："没铃没闸，到哪儿是哪儿。"

他笑得差点儿摔跤。

后来林辉就经常来了，后来林辉对我说，他就喜欢上了我这股二百五的劲儿。我说我和他之间根本不可能，我是乡下丫头，他说："这没关系，哪个城市人往上数三代都是农民。"

这句话早就被人说滥了，我知道。可不知怎的，我这双俗耳朵还真是喜欢听。我还喜欢听他说我二百五。而且，我觉得能喜欢我这二百五的人，其实也是二百五，和我挺搭的。于是，我们俩就凑成了五百。

再然后，他就领着他曾是农民的父母来我家提亲了。

这真是有心栽花花不成，无心插柳柳成荫。我得承认，村里人知道我找对象找到了杨树市，都很吃惊。就像当初知道叶小灵要嫁给丁九顺一样吃惊。叶家人更是吃惊，叶叔叶婶见了我，脸上都青不青，红不红的。我见了他们呢，也莫名其妙地有些愧怍，仿佛自己偷了他们什么东西。——是，我是偷了他们的东西，我偷了属于他们叶小灵的那个最珍贵的理想。

而叶小灵见了我，最初也是有些不自然，不过很快就大方起来，她问了我些情况，当她得知林辉不但家境良好、自身健康，工作单位居然还是在市直机关时，把眼睛向北边的杨树市瞟了一眼，悠悠道："他们的心里，到底在想些什么呢？"

他们是谁？是杨树市拒绝过她的那些男人？还是接受了我这样乡下女子的林辉这样的男人？我不知道，也懒得去想。这之后，我忙着谈我的恋爱，叶小灵忙着过她的日子，偶尔在路上碰到，也只是匆匆打个招呼，直到我结婚前夕，叶小灵挺着大肚子登门送贺礼，我们才算正正经经地见了久违的一面。

因为怀孕，她有些浮肿似的发福，不过脸色还好。一般孕妇穿得都是拖拖拉拉的，叶小灵却穿得很别致，胸下面横截了一下，打了许多褶子，宽宽展展，款式接近于现在的孕妇装。我问她是不是在杨树市买的，她一脸得意地告诉我，是她自己做的。

我们散淡地聊了一会儿。妈妈问她肚子里怀的是男孩还是女孩，做B超了没有，她说做了，是女孩。

"也中。过两年离了手脚，再生个满意。"妈妈说。

"也中"就是女儿。为什么叫"也中"，有个典故。说是某家老太太最是重男轻女，每当儿媳妇们分娩完毕，她就第一个上去讨信儿，问是男是女。若是女孩，她就苦着脸说："也中。"若是男孩，她就把脸笑得像核桃仁，说："满意。"

在我们杨庄这个地方，头胎生的不是"满意"，这可是了不得的事。如果头胎生个儿子，那就等于完成了课内作业，按一般规矩再生一个，完成一份课外作业就是了。再生的若是女儿呢，儿女双全。若是儿子呢，是双梁顶门。有会夸耀的妇人还故意蹙着眉发愁："唉，又得盖一栋房子，我这肚子怎么那么不争气，一个接一个地生儿子呢？"但若你头胎生了女儿，先完成了那份无足轻重的课外作业，那就意味着你必须继续生下去，直到完成儿子这份课内作业为止。要不然，作为一个乡下媳妇，你的卷子这辈子都别想及格。

"不生了，我就要这一个。"叶小灵说，"男孩女孩都一样。"

妈妈看了叶小灵一眼，不再吱声。

送叶小灵出门的时候，我问她："你那煤气灶还用么？"

"不用了。煤气用完了，懒得去市里换。"她做了个鬼脸，"闲搁着呗，反正也搁不坏。"

"那马桶，你用着合适么？"

"什么呀。"叶小灵咯咯咯地脆笑起来，"得整天提水冲，挺麻烦的。只有下雨天小解急的时候，我才用用。"

叶小灵送的贺礼是一束玫瑰花。这是我的新婚贺礼中，收到的唯一一束玫瑰。

度完蜜月，我回杨庄探亲，妈妈告诉我，叶小灵生了，果然生了个女孩。她亲眼看到丁九顺提着油条送上了叶家的门。——我们这里老规矩：生了儿子，给娘家人送的报喜礼是烧饼。生了女儿，送的报喜礼是油条。

"唉，姑娘的罪长了。"妈妈道。

第二天，我买了鸡蛋红糖和一身小衣服，去看叶小灵。叶小灵先对我诉了一番生孩子的磨难，然后把脸转向跑前跑后的丁九顺。

"丁九顺，我就要这一个！"叶小灵宣言，"绝不再生！"

"好，好，咱不生，不生。"丁九顺笑得很慈祥，"咱说不生就不生。"

半年之后，叶小灵和丁九顺带着女儿当起了超生游击队。

果然罪长。计划生育的气氛是紧张严肃的，效果是疏而不漏的，然而标语的风格却是活泼多样的，有正面教育型的："做社会新人，扬婚育新风。"有温婉劝诱型的："生男生女都一样，女儿也是传后人。"有比较引导型的："少生孩子多种树，少生孩子多养猪。"更多的却是这样的疾言厉色："上吊不夺绳，喝药不夺瓶。宁可血流成河，不准多生一个！""一胎生，二胎扎，三胎四胎——刮！刮！刮！"

在这样的标语里，丁九顺辞去了邮递员的临时工作，带着叶小灵当了超生游击队，在外面躲了七年。这七年里，她除了又生了一个女儿之外，还怀了五次孕，做了五次B超，流了五次产。这七年里，她家的大门总是上着锁。有一次，路过她家的时候，我特意停下来，朝门缝里看了一眼，里面的荒草已经长得有半米高了。

第六次，叶小灵终于生了一个男孩。

叶小灵夫妇领着三个孩子回到了杨庄，开始了他们的正常生活。当叶小灵拖大拽小，再次登上娘家的门时，叶家的状况已经大不如以前。叶叔年老体衰，再也接不了什么工程。三个儿子先后成家，存的家底儿已经倒腾得差不多。儿媳们又在旁边紧眼看着，因此对于这个生活局促的女儿，叶叔叶婶都有心无力，爱莫能助。

9

那天晚上，叶小灵带着两个女儿和正在吃奶的儿子上了我家的门。她的身材很明显地臃肿起来，如林妹妹成了薛宝钗。而这丰腴又在一定程度上减缓了她的衰老。但比起同龄的乡村女人，她的姿色仍是胜过一筹的。不过她的窘迫也是明显的：衣服显然是很旧的了。脸上也起了微微的干皮。

"你没擦脸？"我问。

"'大宝'用完了，还没顾上买。"她说。趁妈妈和她说话的空儿，我忙去小卖部给孩子们买了些零食，看着孩子们狼吞虎咽的样子，叶小灵的嘴唇微微有些哆嗦。

叶小灵坐了很久，坐到小女儿都打了哈欠，才结结巴巴地表明了最重要的来意，她想借钱。五千块。

"……二胎五千，三胎八千。东拼西凑地才交完了罚款……不想法子不成了，得过日子，得还债……我想……

做生意……"她说，"……我，一年以后就能还你……最迟两年……我保证。我，我给你打欠条……"

"想做什么生意？"

"卖肉。"她说，"我早就想好了，卖肉。"

叶小灵的肉摊就是这么摆了起来。

后来，我问叶小灵是怎么改变心意去当超生游击队的，叶小灵淡淡地笑了："还不是让丁九顺给哄的。"说丁九顺先是唉声叹气，感慨着只一个女儿，没有兄弟姐妹，孩子长大会很孤单，对性格成长不健康。语重心长地劝叶小灵只要再生一个，无论男女，能给女儿做个伴儿就成。话听多了，叶小灵也觉得有理，就同意再生一胎。但是，等他们一跑出去，她就发现由不得自己了。第二胎又是一个女儿，丁九顺不肯回来，说既然出来了，不如一直生到满意，叶小灵坚决不肯就范，几次要自己去医院结扎，丁九顺就苦苦哀求，说没有个儿子，在这一代就断了根脉，哥哥们都会骂他没出息。又说在村里行走也会觉得自己低人一等，怕被人骂作"绝户头"。

叶小灵不为所动，嘲笑他："你思想意识这么封建，这么脆弱，这么狭隘，可真是个农民。"

"我就是个农民，"丁九顺翻脸道，"其实，你别掩耳盗铃了，你压根儿也是个农民，你这一辈子都是农民，是杨庄人，不是杨树市人。在杨庄村，只要你不想被人踩在脚底下，只要你不想给人落话柄，你就得生个儿子，不然，你就连一般的农村媳妇都不如。你要是真不给我生儿子，那我们就只有离婚。我倾家荡产也得再找个肯给我生儿子的女人，你看着办吧。"

犟了些时日，叶小灵就明白了：这个儿子，她的确是非生不可。不为丁九顺，也为自己。在我们乡间，就是这样。有些东西人家有了你也有，那就是太平无事，两不相妨，比如田地，比如房屋。有些东西人家没有你却有了，那你就略胜一筹，有了些许骄傲的资本，比如蜜蜂牌的缝纫机，两千块钱存款。还有些东西人家有了你却没有，那你就低人一等，抬不起头了，比如媳妇，比如儿子。生不出个儿子，她叶小灵在丁九顺这里抬不起头，在八个妯娌面前抬不起头，在全村人面前都抬不起头。不仅如此，连带她的娘家人都眼黑面涩，脸上无光。

认清了这个道理，叶小灵就别无选择，勇往直前。一直怀到了第六胎，才把儿子生了下来。

"这个丁九顺，他从一开始就把我当傻子。我是最便宜的媳妇了。"叶小灵又笑，"他说，我这一辈子都是个农民。我这一辈子还没过完呢，我不信。"

我无语。叶小灵的事情总是让我无话可说。经过了这么一番磋磨，她居然还不信。她心里的根芽居然还没有死，我还有什么好说的。是谁说过：理想是我们的童年。谁没有过童年，可谁能不长大？这个叶小灵却硬是不肯长大。是谁又说过：理想是我们的伤疤。谁没有伤疤？谁不是好了伤疤忘了疼？可这个叶小灵却硬是不肯好了这个伤疤忘了这个疼。她真是个倔强的孩子啊。——这又正应了谁说的那句话："忠实于理想，这真是既崇高又有力的一种感情。"我不知道叶小灵算不算崇高，但有力是肯定的了。

我不由得有些敬畏起她来。不过敬畏之余，我又忍不住想：她再不信又能怎么样呢？她再有力又能怎么样呢？都已经决定操刀卖肉了，她到底还能怎么样呢？我没有想到：看似落魄潦倒的叶小灵，看似无奈之中沦为屠妇的叶小灵，她即使身处于人生的最低谷，也没有丢失她的方向。即使手握屠刀，她磨刀霍霍所向着的事物，也不是猪羊，而是理想。

10

要说，卖肉其实是个很有利润的生意。尤其我们村子大，人多。一天卖半头生猪跟玩儿似的。能赚多少钱？看看周边村里那些卖肉的人就知道了：最早买摩托车，最早买小四轮，最早起二层楼，最早穿上杨树市新款的衣服……

我们村子里，也曾经有人起过两次摊子，可硬是没有长久摆下来，为什么？风气不好，爱欠账。一斤肉五六块钱，有不少人家去买时总觉得架手，手里就是有钱也总想欠欠，拖两天再还，似乎能沾个什么无形的光。这么欠来欠去，对小本生意而言总是一个很大的麻烦。又不好意思催着要，资金周转不开，就这么给拖垮了。拖垮了两个摊子，很多想接着摆摊的人就知难而退。好在我们村子因为离镇上和杨树市都近，要去买肉也方便，于是虽然缺了个肉摊，时间久了，也就不觉得缺了。

但是，叶小灵居然要去卖肉，这不免要让我们村的人大跌眼镜——不，乡村人戴眼镜的不多——那就是大跌眼珠子。

"欠账怎么办？"叶婶忧心忡忡地对我们说，"一年摊子三年账呢。"

"她既然决定做了，就肯定想到了这一层。"我安慰她，"她会有主意的"。

其实我心里也是十分惶惑。卖肉该是什么人干的活？我的想象里，是光着膀子胡子拉碴的男人，粗粗黑黑，壮壮实实，身如铁塔，声如洪钟，左肩搭着一块油腻腻的毛巾，右手拿着一把明晃晃的利刃，目光喷火，气势逼人，让人走到他面前就自觉怯了三分。怎么说呢？就是像《水浒传》里的镇关西，《三国演义》里的猛张飞，最不济的也是《西游记》里的沙和尚或是《红楼梦》里的醉金刚倪二。至于女人去卖肉嘛，怎么着也得像是孙二娘吧。这些性格的人才能够把那些后腿猪蹄和五花肉控血、分块、挂钩、上架，外面罩着一方防蚊蝇的蓝绿窗纱，谁来了就掀一下，道："要什么？要多少？"如果人家说要一斤，他准给人家切出得多一些，放到秤上一过，说："斤二两。就这吧。"不容置疑地多卖出二两肉——谁知道呢？多半那斤二两也还是一斤，那二两也不过是虚拟的。这些把戏，这种营生，这种带着血腥气儿和霸道劲儿的活计，叶小灵，虽说她比以前胖了些，可她怎么能够呛得住？她想到了这些难处么？她真的行么？

事实证明，叶小灵不仅行，而且干得还很不错：人和摊子都收拾得齐整，大账小账都算得明白，价钱公道，又从不短斤缺两。有句话是谁说的来着：理想往往能产生让人信服的美德。叶小灵人一站到那里，就是一张最有力的信誉证书。酸是酸了些，可她的酸里却有着一种难以言说的诚恳，让人觉得敞亮，安心，踏实。而叶小灵也似乎越来越热爱这个职业。每天都需要去批发肉，叶小灵就每天赶往杨树市，她不辞劳苦，乐此不疲。

不过，我一次也没去她的摊上买过肉。听妈妈说，她去买过一次肉，叶小灵说什么也不肯收她的钱，说："二妞借我的五千块钱，要是存在银行里，那利息就够吃多少肉的？"妈妈就再也不好意思去她那里买肉了。想吃肉的时候，就由我下班时从镇里往家带一些。

叶小灵是知情理的。不过，她也还是有挺厉害的一面。一次，她本家婶子来到叶小灵的摊上，想让她给一块板油。被叶小灵断然拒绝。叶小灵说："婶子，不是我不想给你，只是这个头儿不能开。要是给你开了这个头儿，一村子都是熟人，谁要我都得照样给。你一块儿，我一块儿，一头

猪才多少板油？你好歹丢给我一两块钱，是个意思，让我
对别人有个交代。"那个婶子不好说什么，气哼哼地扔下一
块钱，拿着板油就走，边走边说："要块板油就跟割你的肉
似的。"叶小灵马上笑着接口道："你不把钱穿在肋子骨上，
我也不会心疼这块板油。"

一个庄子里，什么人都有。我妈妈这么脸皮薄的有，
那个要板油的脸皮厚的也有，不过这都在少数。多的是脸
皮不薄不厚却极会过日子的那些人，不说不给，也不说现
给，就那么拖着——像前两次肉摊落下的毛病一样，欠账
的人开始有了，且越来越多。

对于这个积弊，叶小灵果然早有心理准备，很快使出
了相应的招数。

一天，出摊之后，叶小灵在摊子后面的树上挂了块小
黑板。黑板上写着一串名字，都是欠账人的。

"张三强两斤五花肉，十一块二。"

"刘素花一斤半排骨，七块八。"

"陈六通五斤后腿，二十八块。"

……

村里人没事，就会过来念叨念叨。见了欠账的人免不

了也要提提这茬："改善生活啦还是家里来客啦？看见小灵的黑板上，你家买肉啦。"

学生们一过，也会念叨一遍，然后再通知那家的孩子："喂，你家买肉啦。还欠账呢。"

孩子就不好意思了，回家说父母："没钱就不要买肉吃，买肉还欠什么账！"

日子久了，村里人就戏称那块黑板是"光荣榜"。谁家上了"光荣榜"，上了几天，谁家从来没上过，谁家上的时间最长，谁家儿子昨天定亲，怕亲家看见"光荣榜"上的名字，连忙就把欠账给清了……买肉本来就是我们村民们经济生活的一件大事，这个小黑板可算是我们村最新的经济新闻。作为新闻的主播，叶小灵可谓铁面无私。除了她的娘家人，谁欠账她都要在小黑板上挂名字，丁家那些兄弟也不例外。

日子久了，上光荣榜的人就越来越少，直至没有。小黑板却依然挂着。空落落的不好看，叶小灵就没让它闲着。便从报纸上抄写点食品小常识，到端午节时，她一边卖粽子一边在黑板上写"什么是好粽叶""选糯米的窍门"，中秋节她写"什么是好月饼""糖尿病人吃什么月饼合适""吃了月饼胃滞了怎么办"，春节的时候她写"怎样选木耳""怎样选银耳""怎样选黄花菜"。当然最多还是关于肉类的知识，如"如何辨别注水肉""如何辨别新鲜肉"，那天，我路过她的肉摊子，看见一个老头在认真地念，其他几个老头在认真地听："新鲜肌肉有光泽，红色均匀，脂肪洁白……"

叶小灵的肉摊，越来越有文化气息了。如果说村委会是村里的政治中心，那叶小灵的肉摊无疑就是我们村的经济文化中心。杨树市里最好的肉摊也无非如此。每当看到叶小灵的肉摊，我都忍不住会想：一个人要是有了理想，卖肉都会卖得与众不同。我还想起了一句谁说的话：理想是一个人心上的太阳，能照亮他生活的每一步。还有一句谁说过的话：对于一个有理想的人来说，没有一个地方是荒凉偏僻的，在任何逆境中，他都能充实和丰富自己。对了对了，好像还有一句说得也挺好：有理想的人，生活总是火热的。

丁九顺的运气也水涨船高地好了起来。一年之后，村委会换届选举，丁九顺因为文化程度高，能写会算，被选成了村民理财小组的组长。可别小看这个位置，因为离杨树市近，一个食品厂和一个服装厂新近在我们村买了地，我们村的账上有了将近二百万的钱，可是肥着呢。理财小组是专管给村班子成员要报账的发票审核签字，很有权力，也很有面子。不过，无论在外头怎么风光，丁九顺都不敢像我们村别的男人一样回家对老婆耍大牌。他耍得起吗？他的好日子全指着叶小灵呢。

11

都知道叶小灵的日子过得讲究：每顿饭都要用盘装菜。这可是个大仪式。在我们杨庄，只有重要的客人上门的时候，才会用盘子装菜。好马配好鞍，一旦动用盘子装菜，那菜式也是绝对不能马虎的。没有几道荤几道素，是不敢说吃盘碟的——对，我们杨庄就是这么个说法："吃盘碟。"

可叶小灵就不同。她早上吃个咸菜，也要用盘装。晚上吃个馒头，还要用盘装。再别说吃什么炒鸡蛋炖排骨了。总之，只要是吃的东西，能用盘装的，她就要用盘装。于是人们见了丁九顺就会打趣："九顺，你的日子过得多适意，整天吃盘碟呢。"

丁九顺呵呵笑着。不应答。

叶小灵的讲究地方还多着呢，花样翻新，层出不穷：她是第一个在我们村使用电水泵的人。在这之前，村里人用的都是小压泵，也就是用手工压泵压水。小压泵其实就是一个微型水井，上面用几层皮盖子紧紧封着，压水的时候，先往皮盖子上面倒一瓢引水，给它一些压力，然后启动一旁的杠杆，上下压动皮盖子，地下的清水就源源不断地涌了出来。多少年了，我们豫北平原的人都是这么吃水的。可叶小灵就把它改革了。她让丁九顺买了一个小发动机，装在了压泵上，需要用水的时候，用发动机的插头往电源上一插，水就汩汩而出。

"这就是咱们杨庄的自来水。"叶小灵对人这么介绍，"不加漂白粉，纯天然地下矿泉，比杨树市的自来水质量还高呢。"

后来，我们村的很多人家都开始用电水泵了。

不过，叶小灵也落下了不少笑话。那个马桶就不用说了，比那个马桶更有趣的笑话还有一个。我前面说过，我们村的人平时都不上大门，谁来谁推。叶小灵说这不好，不礼貌，也不安全。她说她喜欢随手插门。可堂屋离大街远，别人要是叫门听不见怎么办？她就装了门铃。门铃不大，不过是个红色的按钮。一按上去，就会发出一个普通话女声："您好，请开门。"如果一遍一遍按下去，那个女声就会不知疲倦地复述："您好，请开门。您好，请开门。

您好，请开门……"

这个门铃自打装的第一天起，就成了整个杨庄小孩子们的玩具。孩子们有事没事都要跑到那里按三遭。街坊们说，有时候，深更半夜还会听到那个女音鬼一般的语调："您好，请开门。"

一个星期之后，叶小灵让丁九顺把门铃拆掉了。门依然还插。她让丁九顺在铁门环下方钉了一块铁皮，谁来就拍门环，铁门环打击在铁皮上，"啪啪啪，啪啪啪"，效果也很不错。不过，孩子们见了叶小灵，总要很孬种地嘀咕一句："您好，请开门。"

"小灵，你在外躲计划生育的那几年，可没法子讲究了吧?"有人曾这么问。

"就是那几年，"叶小灵绷着脸，严肃地说，"我也从没有当着人给孩子喂过奶。"

叶小灵的生意越做越顺，周边村子的人都来她的摊上买肉，有时候一天能卖一头猪。两年之后，叶小灵把钱还给了我。她的自行车也鸟枪换炮，发展成了摩托车，她的心灵手巧更随着经营的拓展而锦上添花，全面绽放：做各种各样的小菜配着卖，到了立夏立秋这些节气的时候再配些饺子馅卖，兼卖些零食，又进了台烤肠机……又过了一年，叶小灵的摊子又添置了绞肉机和两个冰柜。摊子也变成了门面房，仍然在二道街和中街的交会处，坐落在村委会对面。她的门面房左边是个小卖部，右边是个药店，是这条中心街的中心。

在门面房的外墙上，叶小灵油了一块很大的黑板，写的内容更多了。主要有这么几个版块，首先仍然是一些生活小知识，不过内容已不局限于食品方面，而多了些保健方面的内容，什么"爬行的好处""孩子怎样防暑度假""老人心理六需求""颈椎病对枕头很挑剔""鼻炎患者慎开空调"等若干，栏目名称是"生活小贴士"。其次是杨树市的简明新闻，如"著名影星唐国强来我市拍戏""我市盆景公园新近落成已对广大市民开放""本年度我市十大杰出青年已经新鲜出炉"等若干，栏目名称是"新闻快报"。还有一个版块是些小幽默，栏目名称是"快乐杂烩"，叶小灵摘录的都是一些有趣的对话或者段子。如"一对夫妻经常吵架，一吵架就摔餐具。隔壁邻居听见了，问他们：你们准备什么时候离婚？如果你们还有两三年才离婚，我打算开一家餐具店"。或者是"一对曾经交往了数年的情侣几年后相遇，女人说：希望你快点结婚，生个女儿，我叫我儿子去追你的女儿，咱们攀个亲家。男人说：你儿子的妈拒绝了我女儿的爹，我女儿的爹怎么会答应你儿子的妈呢！"

最后一个版块是一些精短的散文，这个栏目名称是"文苑撷英"。如什么《有一种爱，只能欣赏》《那一刻》《激情燃烧的月夜》等等，有时候还会出现一首诸如此类的小诗：

梦，总不够漫长

可是我们需要梦想

情，总是让人受伤

可是我们还念念不忘

雨，下得再漂亮

可是我们仍然喜欢阳光

你，虽然不在我身旁

可是我从未将你遗忘……

——是，我当然知道这些小幽默都很粗浅，这些小文章和诗写得也都很不怎么样，可是你想想，这些东西可是出现在我们豫北乡下的一家肉店的墙上啊，已经很不容易啦。怎么说呢？简直就可以称之为奇迹。

被称为"光荣榜"的那块小黑板当然也还在，不过只在一边儿挂着，偶尔有人记账，叶小灵依然把那些人的名字大大地写在上面。

12

新一届的村委会换届选举来临时，丁九顺出事了。因为选举之前，上一任领导班子的账目必须进行离任审计，需要村民理财小组组长丁九顺签字，但是丁九顺发现许多票据都有问题，不肯签。于是，两天之后的一个夜里，在去小卖部买烟的路上，丁九顺遭到了一顿暴打，右小腿都被打折了，据说还会落下后遗症。

"命，命，天管定。"妈妈说，"看来小灵注定得找个右腿有毛病的。"

叶小灵的肉店关门两周。丁九顺住进了医院。我们杨庄村表面上秋波无痕，底下却浊浪滚滚。谁都知道这是什么人干的。丁家兄弟要报仇，他们报仇的方式是让丁九顺参选。八个哥哥如同八仙过海，各显神通，开始在村里为他们的弟弟拉选票。

政治这东西就是这样，里应，还需外合。丁家人需要外合的对象就是我们杨庄村的广大人民群众。黑夜给了群众黑色的眼睛，群众的眼睛却比黑夜里的刚刚换上新电池的手电筒还要光明。他们都知道村账上的钱是全村人的，因此也是他们自己的。这么大一笔钱，要交给一个有理由让他们放心的人看管，才不会让他们吃太大的亏。而在这之前，丁九顺不畏权势勇于斗争的杰出表现恰合民意，于是，丁九顺，这个打着石膏板暂时失去正常行走能力的弱者，如一块巨大的海绵，尽情地汲取了我们杨庄村广大人民群众含蓄而丰沛的同情和信任。

后来，我听妈妈说，叶小灵对于丁九顺参选的事情也表现出了超常的积极。主要行动在两个方面：一是对内。丁九顺的八个哥哥享受到了从未有过的礼遇：每天每家，叶小灵都要亲自上门送一斤肉。一家一斤，那可是八斤，好几十块钱呢。二是对外，她的肉摊开始以批发价向全体村民供货，算账的时候除了赠送一块板油外还另有优惠：五毛以下的零头忽略不计。

半个月之后的村委会换届选举大会上，挂着拐杖的丁九顺以高额票数当选了村委会主任。

"以前只知道小灵是个城市迷，没想到还是个官迷。"妈妈笑道，"看来在咱们杨庄村，还是后一个更容易些。"

一朝天子一朝臣，一代江山一代新。我们小小的杨庄村，也是如此。

丁九顺当选之后，我们村的变化渐渐大了起来。比如，村里建了图书室。其实图书室以前就有，是上面让做的，却不过是摆摆样子。但丁九顺上任之后，图书室就扎扎实实地办理了起来，叶小灵就是图书室管理员，上午卖完了肉，下午她就来图书室坐着，让人登记，看书。书不是那些陈谷子烂芝麻的旧书，而是新书。市面上什么书畅销这里就有什么书——这当然是叶小灵的功劳。村里还成立了棋牌室，让那些没事儿坐在大街晒太阳的老人们都有了去处。再比如，村委会大院里修了个灯光篮球场，又造了座假山，还栽了几棵棕榈树，开了一块小小的草坪。再比如，上面让整修村容村貌，村委会就要求家家户户在大门前的空地上种鲜花，月季、"死不了"、金盏菊、蝴蝶草什么的。从春天到秋天，都是姹紫嫣红，青葱翠绿，一番赏心悦目的景象。

但让我们村有本质变化的，还是在丁九顺上任的第二年，我们村的四条道路都全部修了一遍。都修得很宽，很平，还装了花枝般的路灯，一到晚上，每条路上的路灯都会亮起来，如一朵朵巨大的玻璃牡丹。——在城市里这也许是最平常的了，可这是离杨树市十里的杨庄村啊，这路灯就显得异常璀璨，异常鲜艳，异常明亮，异常炫目。对了，路灯下面还安置有垃圾桶，都是小青蛙形状的。一只只小青蛙天真无邪地张着大口，稚拙可爱的样子让人心疼。

不过最有意思的还不是路灯和垃圾桶，而是这些路的路名。我们的一道街名字改成了解放路，二道街的名字改成了民主路，三道街的名字改成了自由路，中街呢，改成了幸福路。还立了蓝底白字仿宋体的路标。——看出来了吧？杨树市四条主街的名字，全被我们村借用了过来。

我们村越来越漂亮，接待上级检查的任务也越来越多，无论哪一级领导，看到我们村的灯光篮球场、图书室、棋牌室和家家户户的小花园之后都会赞不绝口："不错，不错。你们这个村啊，发展得很全面。干部的工作思路很清晰，不仅重视经济建设，还很重视文化建设，不仅重视物质文明，还很重视精神文明。同时还舍得投入，狠抓落实，效果就很明显。真是两手抓，两手都硬！"

一天晚上，一个领导开车路过我们杨庄，看见我们辉煌的夜景，大吃一惊，对丁九顺说道："村路修得这样气派，简直就是小杨树市了！你就是这小杨树市的市长！"

从那以后，村里人就开始把丁九顺叫成丁市长，而叶小灵呢，自然就是市长夫人了。

一天，我回家探亲，晚上没有走。妈妈让我去小卖部买盐，买完盐，往家里走的时候，我突然看见前面有一个身影在缓缓地动着，动得很慢，是散步的样子。这深秋夜晚的乡村，风凉如刀，谁会去散步呢？我加快脚步，走到了那人的前面，往后一打量，果然，是叶小灵。

寂广无人的幸福路上，氤氤氲氲的路灯下，叶小灵悠悠地晃着。脸上挂着若有若无的微笑，她的眼神很奇怪。仿佛在看一切，又仿佛什么都没有看到。仿佛视线很远，又仿佛只在自己的眼眶之内。仿佛在行走，又仿佛在梦游。仿佛在欣赏，又仿佛在沉醉。

我突然明白了：我们村建成了这样，其实都是叶小灵在主谋。她之所以积极地支持丁九顺参选，就是为了把丁九顺推上村委会主任的位置后，自己能够站在幕后，来充当杨庄的首席设计师和核心执行者。她要通过丈夫的权力，把杨庄建设成她想象中的样子——想象中的城市的样子——杨树市的样子。

杨庄村，其实就是她的城市。

她一个人的，虚拟的，城市。

我不由得有些毛骨悚然。

叶小灵也看见了我，我们相视而笑。

我朝她点点头，做出家里有事的样子，加快脚步离开了。我不忍再打扰她。我要让她好好做梦。做这个只属于她的、真实的美梦。

13

都说叶小灵现在越来越有意思了。她仍然无论冬夏都穿着熨熨帖帖的衣服，梳着整整齐齐的头发，腰上仍然束着雪白的荷叶边儿围裙，胳膊上仍然戴着雪白的棉布袖套，眉清目秀地站在那里。有人来买肉的时候，她仍然是戴上一双雪白的手套，从案板上的纱盖子底下取出雪亮亮的刀，笑吟吟地问来客："你要点儿什么？"用的仍然还是标准的普通话。——这些都和以前一样。和以前不同的是，她越来越喜欢和人聊天了。当然，用她的话说，这叫沟通和交流。她说她打算向村委会提议，由她对全体村民进行有计划有步骤分批分次的普通话培训，培训结束之后，还要举办以"畅想杨庄"为主题的演讲比赛。她说她还想把黑板报变成彩印小报，报名当然就叫《杨庄日报》，每天一期，村民们人手一份。她说我们杨庄还应该有电视台，让杨庄村的村民在电视上看到自己的形象；她说还应该举办老年秧歌舞大赛、青年卡拉OK大赛、读书大赛、模特大赛……后来，她把这些想法总结成文，题目叫《我的若干建议》，一共有22条，抄录在了肉店外面的大黑板上。

对她这篇文章，妈妈说，我们村的人看也看了，读了读了，议也议了，却都没有什么反应。

"这些建议不好吗？"我问妈妈。

"好呀。"她说。

"那为什么大家都这么冷淡？"

"我看你也是迂了。"妈妈瞪我一眼，"这些东西再好，也是叶小灵卖的那些凉调小菜，不能当饭吃。咱庄稼人，有米有面才最主贵。整天忙乎那些玩意儿，地早就荒了。"

"人家叶小灵就不怕地荒？"

"她早就把地包出去了，你不知道？"

我不知道。我确实不知道。我相信：对于叶小灵，肯定还会有些什么东西，是我所不知道的。因为我没有理想。——是的，即使老天将我拔苗助长，让我嫁到了杨树市，我依然同以前一样，只是偶尔会有一点点卑微的念头，而没有什么远大的理想。有理想的人和没有理想的人，当然是不同的。是谁说过：理想是指路的明灯。是谁又说过：有理想的人，生活永远闪射着光芒。叶小灵的心里有一盏明灯，因此，从理论上讲，她和她的肉店自然都应该闪射出一种特别的光芒。也因此，每次从叶小灵的肉店门口路过，我都会想象一下她卖肉时的样子：挺胸平肩，脖颈修长。应该有点儿像天鹅。至于那些肉，怎么说呢？也该有些像天鹅肉吧。

一天早上，在上班的路上，我碰到了刚从杨树市批肉回来的叶小灵。已经很久没有见到她了，她眼角生出了很多细细的皱纹，脸上搽着厚厚的护肤霜，在耳根那里形成一个黄白鲜明的断层。——她老了，却还是比一般的农村妇女讲究和精致。她的眼睛还是那么亮晶晶的，精神很好。我们闲聊了几句，我突然想起问她一个早就想问的问题："你当初是怎么想到要摆肉摊的？"

"那些年，躲计划生育，不是人过的日子，"她笑了笑，眼圈突然红了，"多少次，我那大姑娘看见肉摊上的生肉就走不动，问我：妈，什么时候咱们才能好好吃顿肉啊？那时候，我就下定了决心，等日子安稳了就摆个肉摊，让孩子想什么时候吃肉就什么时候吃肉。哪怕我的摊子不赚钱，只要能供得起我孩子吃肉就行。现在总算不亏孩子们的嘴了。还有，"她顿了顿，"不怕你笑话，我想着，要是每天都批发一次肉，就能每天都去杨树市走一趟。"

"挺好的。"我笑笑，说。我知道自己只能这么说。

"是挺好的。"叶小灵也笑了，"我觉得自己现在很幸福。"

不知道该说什么，我只好打量着叶小灵崭新的"大洋"摩托车，夸赞着。在她摩托车的车篓里，我赫然看见一张今天出版的《杨树日报》，还有一份《读者》——《读者文摘》早已经改名叫《读者》了。此外，还有一束水灵灵的鲜花，是玫瑰。——对不起，此时此刻，我又想起了关于理想的格言。一句是：理想，神圣的美，你在苦命的人心中萌芽！另一句是：理想，能给天下不幸者以欢乐！没错，就是这么两句。句末用的都是大棒槌似的感叹号。

一个卖猪肉的农村妇女，她的车篓里居然放着一张《杨树日报》、一份《读者》和一束玫瑰，她还说她幸福。我的眼前久久浮现着这个情形。这个情形似乎十分动人。可我只能说，在动人之余，我更多的感觉是难过，非常难过。

14

那一天，林辉下班回到家，满面笑容地对我说："告诉你个好消息，你们村不是叫什么小杨树么？很快就要变成大杨树了。"

"什么意思？"我糊涂了。

林辉解释说，市里早几年前就做了规划，想依托老城，开发新区，科学扩张，滚动发展。可北面是结结实实的太行山，要发展只能向南。今天消息刚刚下来，省里已经通过了市里的思路，决定在市南开发新区。到时候市区的主要干道都要朝我们村的方向长线拓展，党政机关、中心汽车站、理工大学和师专都要向南迁移，杨树市的发展舞台马上就要搭在我们村这里了。

"如果我没记错的话，"他寻思了寻思，"在规划图上，你们村的东面是座五星级的宾馆，西面是个音乐喷泉广场，南面是市政大楼，北面是检察院和法院。"

"那，我们村呢？就在中间？"

"傻瓜。现在你们村自然是中间，"林辉拍了一下我的头，"到时候自然就拆迁了，给你们盖个移民花园，保证每家的房子都动静分区，干湿分离，双气入户，双厅双卫双阳台，二十四小时物业服务，出门就是超市、公园和菜市场……"

我越听越蒙。懵懵懂懂中，脑子里闪现出的第一个人，不是我的父母，而是叶小灵。应该说，她的理想很快就要实现了，而且是不用她自己费丝毫力气的真正的实现，多少年来，她整天想的盼的不就是这个么？对她来说，这该是件好事吧？天大的好事。可我脑子里突然又涌出一个问题：一个实现了的理想是不是就像一个活到了头的人？实现，便等同于死？对于一个有理想的人来说，理想突然死了，她还会感觉幸福吗？

我不敢想下去了。

周末，我回了一趟杨庄。和妈妈打过招呼之后，我在门口无所事事地站了一会儿，慢慢地朝幸福路的中心走去。

叶小灵的肉店在那里。

叶小灵正在店外写黑板报。题目是"节日，装扮一个健康的家"，已经用彩色粉笔写好了，还镶上了水波纹的边儿。叶小灵正在写的是内文，一笔一画，横平竖直，她写得很认真，写的姿势也很好看。今天是星期天，孩子们都没有上学，就都在她身边围观，一边齐声念着："……现在过节，市场上的饰品特别多，有塑料的，陶瓷的，毛绒的，等等，但是我们得知道，材质多，隐患也就多哦。比如，塑料玩偶的颜色鲜艳，但有些材料中可能含有铅、镉……"

孩子们声音停顿了，叶小灵指着"镉"字转了身："念镉，g—e—ge……"

站在凳子上的叶小灵远远看着，像一个老师，像一个圣徒，也像一个牧师。我的眼前突然闪现出一个由大到小的图景：杨树市的中心是我们村，我们村的中心是幸福路，幸福路的中心是这个十字口，这个十字口的中心是叶小灵的肉店，肉店的中心是叶小灵……而叶小灵，她可知道，自己正是杨树市的中心？不，是中心的中心的中心的中心的中心？

看见我，她笑了，从凳子上跳下来："做什么？"

"买肉。"我慌忙说。

"炒菜，还是做饺子？"

"做饺子。"

"多少？"

"一斤。"

"你等着，我给你些五花肉，其实瘦肉不好，做饺子馅不香……一会儿我给你把肉绞绞，绞得碎碎的……"她一边说着一边利落地给我选定，称好。

我犹豫着，终于还是把林辉传达的信息告诉了叶小灵。

叶小灵的脸像花一样绚丽地盛开了一下，只一下，她盛开得是那么短暂，如同烟花，然后，她的脸一下子灰暗了。住了手，她怔了怔，摇摇头："不可能。"

"千真万确。"我说，"林辉把文件都带给我看了。"

"那我们村的人就都成杨树市市民了？"有孩子在旁边问。

"是。"

"我们也能不花钱就住单元楼了？"

"是。"

孩子们哄的一声尖叫着散去，我知道，他们很快会把这个消息传遍杨庄村的每个角落。

叶小灵没有说话。她把那块肉放到案板上，开始剁起来。剁的声音很重，很有力道。有好几次都没有剁住肉，只是在案板上空剁着，咚咚咚，咚咚咚。

"小灵，不用剁。"我说，"你不是说绞绞就行了？"

"让我剁吧，"她说，"剁的味道香。"

咚咚咚，咚咚咚，一刀刀，一刀刀，叶小灵在案板上不停气儿地剁着，剁着，似乎每一刀都要把案板剁碎。

"我还是拿回家自己剁吧。"我说。

叶小灵不语，她仍然一刀一刀地剁着。一刀紧似一刀。店里的其他人都愣愣地看着叶小灵。不知道剁了多久，只听"咚"的一声大响，刀深深地卡在了案板里。

叶小灵拔了一下，没有拔出来。

叶小灵哭了。

这是我第一次看到她哭。一时间，我觉得自己像个刽子手。

15

后来，我们村的人都变得忙碌非常。有的慌着找关系想包下一段道路工程，有的在打听门路想承揽一些绿化项目，还有的到处凑钱要买前四轮后八轮的大卡车，准备到时候运送基建材料。更多的村民则在自己的院子里急着加盖房子。都说早早多盖些房子，到了拆迁的时候，就能多得些政府的赔偿款。

不过，听说叶小灵反而清闲了下来。听说她再也不去杨树市批肉了，这个活儿交给了丁九顺。她也不再办什么黑板报。每天，她早早地卖完了肉，就关店回家。回家干什么呢？看电视，吃饭，睡觉，找人打牌。

后来，听说叶小灵越来越胖，越来越懒，饭也不好好做，连衣服都不好好洗了。听说丁九顺已经放出话来，说她要是再这么下去，他就把她放到肉店里，当猪卖了。

我们村里人都说：叶小灵的病，好了。不过，我们村里人又说：她还不如病着呢。

我已经很久没有见到叶小灵了。不知道为什么，我很有些怕见她。

给母亲洗澡

1

浴室的门错着巴掌宽的缝儿，母亲让我关严实，我说没事儿。她说了两遍，我也这么应了两遍，她就不再说了，只是不时警惕地朝门那里看看。和在老家相比，在郑州的她，气势上缩小了好几个尺码，显得怯弱了许多。此时脱了衣服，她明显更怯弱了一些。

在自个儿家里，怕啥呢。我说。

不怕啥。

怕人看你呢？

那可不怕。就这一把枯树老皮，怕啥。不怕啥也不兴开着门呀，谁开着门洗澡呢。

可我得听着泥蛋儿的动静呢。

哦。那把门儿再开大些吧。

泥蛋儿是我年方四岁的小侄子，我弟弟的宝贝二胎。泥蛋儿是母亲给他起的小名儿。他整日里哒哒哒地跑来跑去，没个安生时候。弟媳妇小娜跳广场舞去了，侄女去上英语强化班，弟弟方才下楼说去买点儿东西，我不得操这小家伙的心？

果然，他就哒哒哒地跑了进来，奶声奶气地喊：奶奶脱光光啦。

瞎叫个啥！母亲满是宠溺地呵斥，眼睛就粘在了泥蛋儿身上。对这个小孙子，她是怎么看都看不够。

吆！吆！奶奶脱光光啦。泥蛋儿叫得更起劲儿。在幼儿园学会起哄了。

谁说我光了？还穿着裤衩呢。母亲低声说。她确实还穿着裤衩，宽大的平角裤，白底儿起着小蓝花。

那叫底裤！不叫裤衩！泥蛋儿纠正。

叫啥都中，叫啥都中。

你也脱光光呗。我怂恿泥蛋儿。

才不哩。我不洗澡！他一阵风儿地跑了出去。

低处的龙头汩汩地放着水，水位慢慢地往上涨着，眼看着泡住了母亲的腿。母亲坐在浴缸里，水汽缭绕中，像一尊像。自然不是佛像菩萨像观音像，可不知怎么的，就是像一尊像。

她用左手往身上一下一下地撩着水。也只能用左手了。自从中过两次风之后，她的右半个身体就越来越像是摆设了。

我把高处的花洒取下来，拿在手里，也往她身上冲着水，说，先洗头吧，不然头皮黏糊糊的。先洗了就清爽些。母亲说，也中。叫身子先恶服恶服。

我说，对，恶服恶服。

恶服，特指浸泡脏污。除了豫北乡下的老家，我再没听说过别的地方有这个说法。洗脏衣服脏床单，洗油腻锅碗，又或者是洗人，总之，但凡是洗，但凡是洗之前的浸泡过程，都可以叫作恶服。恶，脏污。服，顺服。只有把脏污泡软，让它们顺服，接下来才能好好清理。这么理解是不是很合适？不曾见过老家有谁把这个口头语转化到字面上，反正我就是这么理解的。

母亲闭上眼睛。我把花洒举在母亲头顶，水流倾泻下来，母亲本来就花白的头发更花白了，本来就稀少的头发更稀少了。头皮大片地露了出来。花洒冲左边，左边头皮露得多，花洒冲右边，右边头皮露得多。

突然想起小时候母亲给我洗头的情形。大约是每周一回，彼时我的发量称得上茂盛，这个频次就有点儿过低。没办法，母亲忙，我也贪玩，把时间凑到一起不太容易。洗头又不是什么要紧事，能拖就拖着呗。我每日里胡天胡地地疯跑出汗，头发里最是容易藏污纳垢，挨到必须要洗的时候，往往是因为母亲隔着饭桌都能闻到我头上的酸臭味儿。于是就洗。此时我脑袋上已经攒了许多"锈疙瘩"，要把"锈疙瘩"梳通，总是要费些劲儿，也总是有些疼的。于是母亲骂骂咧咧，我鬼叫狼嚎。一个像在上刑，一个像在受刑。每次洗也都要用好几盆水，可真是一项大工程啊。

等到渐渐长大，自己知道了干净，我就再也不让她洗头了，自己洗得勤快得很。再后来，就是给她洗头了。用过硫黄膏，用过"蜂花"，用过"飘柔"。到现在，我用的已经是防脱洗发水了。弟弟家里用的是"润源"，大概是个新牌子，没怎么听说过。

水小点儿。多费。母亲说。

我调整着花洒，让水流变小。

这城里水贵的，能赶上早些年的油价钱。

瞧您说的。啥时候油都比水贵。

那是。油不比水贵，那还能叫油？昨儿小娜才买的那油，叫啥瓜子油，恁小一瓶，都花了一百多哩。

是葵花子油。

就你会洋气。葵花子不是瓜子？

是，是。

自从母亲中风后，我就不怎么顶撞她了，她的脾气也被我惯得没了边儿，动不动就指责我训斥我，在我跟前要尽威风。

油跟水，不是一物，就不能比。人整天得喝水，谁整天喝油哩。油得炼，水用炼？天上下雨下雪那都是下水哩，啥时候见过天上下油？叫我说，水就不该叫人掏钱买。水跟土一样，都是老天爷赏人的。

中风一点儿都没有影响母亲的嘴皮子。利落得很，甚至更利落了。直到花洒冲洗发水的泡沫时，她才闭上了嘴。

2

已经有五六年了吧，每年入冬之后，母亲都要来郑州住两个月。暖气开通一个月后来，在腊八之前一定回去。

她原是不大愿意来的，每次来都要我和弟弟三求四请，软磨硬劝，她才会勉强答应。泥蛋儿出生之后，她就很情愿过来了。她跟我说，过来住一住，对谁都好。大儿子一家能好好松快一段时日，闺女和小儿子也能好好尽尽孝。谁的心里都得劲儿，谁的面子上都光鲜。

别以为我没看出来，你就是想多看看你这小孙子。

那可是。她慨然道。

大孙子不亲？

你个挑事儿精。大孙子也亲，可那是老大家的。弟兄们再好，一门是一门的根儿。要算细账的话，我平日里亲大的多，还亏了这小的呢。

水流中，母亲脸上的皱纹更明显了，老年斑和黑痣也更明显了。在水光的润泽下，这些倒也不颓丧，是闪亮亮的一种明显。她的左眼角有一个月牙形的小疤。听她讲过很多遍，那是"大跃进"的时候，我姥姥在村外和社员们大炼钢铁，她和小伙伴们偷偷跑去看，你推我搡的，根本不知道害怕，越看离炉子越近，忽然间，炉子里爆出来那么一团火星子，直朝她飞过来，把她的一大片头发都烧焦了。

还好没破相。每次她都会这么感慨。以往我都会回敬她"那是您有福气"之类的，这次我决定改个说法。

要是破了相，可怎么嫁进我们老李家哩。

你个龟孙，花销你老娘来了。她骂。笑盈盈骂人的母亲，总是特别有光彩，那个神采奕奕的模样，好像根本不曾中过什么风。

母亲第一次中风是在大概十年前。那一年春天，我们家最靠北的那块地被上面"规划"了，说是要修一条高速公路。上面赔了一笔钱，说是收了当季麦子就不许再种庄稼，不定啥时候就会动工，到时候会毁庄稼，谁种谁心疼。有的人家就让地荒着，也有的人家不舍得让地荒着。在母亲的唠叨下，大哥大嫂就在那块地上种了玉米。进了农历八月，玉米穗眼看着一天天结实了起来，突然有一天就被工程队全部铲倒了。第二天，母亲就催着大哥大嫂和她去地里捡玉米。正值秋老虎的天气，那天也是热极了，一大片地里有好几个人中了暑，母亲则是中了风。

第一次中风后，母亲的后遗症并不怎么严重。我闻讯赶回家时，她都下了床在厨房门口择菜了。我埋怨她，你看看你，多不值当！地都是人家的了，你还非得要那点儿庄稼！

母亲说，地是地，庄稼是庄稼。

人家不是把庄稼钱都给咱了吗？

钱是钱，庄稼是庄稼！母亲的神情都有些严厉了。

我只好沉默。只听她自顾自地唠叨：也不知道那些货们是咋想哩，恁造孽，不可惜庄稼。就不能跟咱们早说个一两天，容咱们收收？

母亲很快就开始了貌似正常的一切举止。其实那时她的右肢已经没有了足劲儿，可她但凡在村里行走，就会格外注意保持平衡。她说不能让人看出来，不能让人笑话，也不能让人可怜。

水汽氤氲中，母亲微闭着眼睛。这可以让我从容地看她。她在郑州期间，我的主要任务，一是给她做一次全面体检，根据体检情况开药调理——只要不是大问题，母亲就绝不住院。她抗拒医院。她的口头禅是：那是啥好地方？不管身上有病没病，到了那个地方，心里就先病上了！二呢就是常来看她，除了周末两天必陪，周二或者周三下班后也会抽空来一趟，送点儿吃喝穿戴，再给她洗洗头发，简单擦擦身子。痛快洗澡的日子都是在这样的周六晚上。周五我还要上一天班，太过紧张。周六上午能舒舒服服睡个大懒觉，午饭后到超市大肆采买一番，再来到弟弟家，给母亲洗晒一下床单衣物，然后早早吃过晚饭，细细致致地给她洗这个澡，顺便好好说说话。

这两个月间，在我的反复恳请下，她也会光临一次我家，但绝不过夜，晚上必定要回到弟弟家。

没听说过"七十不留住、八十不留饭、九十不留坐"？万一出了啥岔子，我可不能在别人家丢了最后那口气。她说。

我这里又不是别人家。

还就是别人家。她叹口气：闺女再好，也是门亲戚。

最初听到这话，免不了要跟她辩几句。后来就不辩了，随她。

唉，这日子多不经过，你老娘我可是都七十五啦。母亲突然说。她总是这样，会突然强调一下自己的年龄，语气里有骄傲，也有感伤，似乎还有一种释然。

不算大。加把劲儿，再活个七十五！我说。

油嘴滑舌。母亲翘着嘴角，微微笑了。

这是我的母亲。她总是自称老娘。有时我也这么叫她：老娘。娘老了，就是老娘。老了的娘，就是老娘。虽然没有了老爹，但我是个有老娘的人，这就不错。即使她中过两次风，也不错。

3

水流中，母亲耳朵眼儿上的金耳环亮闪闪的，手上的金戒指也是亮闪闪的。这是第二副，她戴了也有十年了吧？给她买第一副的时候，是我刚结婚不久。结婚时我没有让丈夫买"三金"，母亲一直暗戳戳地引导着我要，说咱们又没要啥彩礼，也没叫他买啥好衣裳，好歹有个"三金"戴着，办事儿那天也不会显得太素净。说得我没了耐性，明明白白地跟她说我不喜欢，她挺纳闷，说那是多好的头面啊。我说，那我叫他买一副给您戴吧。她狠狠地啐了我一口。

不知什么时候起，我一回村看她，就听她左一句右一句地提，村里哪个老婆子戴了金戒指，哪个老婆子戴了金耳环，有闺女的都是闺女买，没闺女的都是儿子买。她口气里很不屑，嘲笑人家烧包。我问她，你是不是也想烧包？她就骂我。我说我也给你买。她说你可别狂花钱，我可不是那轻浮人。我就买了一副"三金"给她。她先是叫着说，一样儿就中了，你还买三样儿！人家新媳妇儿也才三样儿！拿在手里看了看，就放在了一边，说，你就是买了我也不戴，我可不是那轻浮人。我说，闺女我是个轻浮人，就想叫你戴上，叫人家夸我孝顺。戴呗戴呗。她说，那我就戴个耳环吧。就戴上了。又说，顶多再戴个戒指。就又戴上了。项链死活不戴，说村里的老婆子没人戴。照着镜子看了看，又讪笑着说，怪没脸的。又说，恁贵。又说，你就是杆实心秤，就不会买个假哩？买个假哩也中，看着黄啦啦的就中，外人谁知道是真是假哩。我说，我又不是买给外人的，我是买给亲娘你的。你要是后娘，我就给你买个假哩。谁叫咱是真娘真闺女呢，可不能戴假哩。

起初她还是不大舍得戴戒指，说干活儿不利落，又说怕把金子磨少了。只有走亲戚之类的重要场合她才会戴上。有一次，她在村里吃酒席回来，和面的时候取了下来，等蒸完馍却怎么也找不到了，也想不起放在了哪儿。急得哭，骂自己老没成色老没材料，拨拉着大哥一家子都给她找，还把刚蒸好的馍一个个掰开找。后来终于在案板和灶台墙的夹缝里找着了。再后来，她就常常戴着了。说是不怕丢，又说是金货避邪。

那些时日，老有新闻说，有骗子专门到信息闭塞的乡下去骗老年人的金首饰，我就有些担心。她好强，若是直接提醒她，她肯定不受，我就曲线救国，每次回去就弦外有音地跟她扯闲篇儿，讲哪儿哪儿又发生了一起什么故事。听到后来她还是恼了，说响鼓不用重槌，在这十里八乡，你老娘还算是个响鼓，省省你的槌吧。

可她还是上了当。那次她是去镇上赶集，看见一个地摊前围着很多人，她就也凑了上去。摆地摊的是一个白胡子老头儿，穿着白衫，有点儿仙风道骨的样子，是个"野先儿"——我们老家都这么称呼到处流逛的游医。人挺和气的，说起话来慢条斯理，稳妥妥的。他面前铺着一块干干净净的白布，白布上摆着一堆草药，说这些药能消炎，能解毒，能去火，能顺气，最关键的，是还会免费送出几服药，只不过得挑有缘人。他一眼就挑中了母亲，说母亲一看就儿女双全，是上辈子积德积得厚，这辈子就该有福报。他就给福人再添点儿福吧。只是在给药前，需得先做个测试。金戒指和金耳环会影响测试的准头儿，需得摘下来。母亲就取了下来，"野先儿"叫她交给他保管，母亲有些犹豫，"野先儿"笑着说，老姐姐，这么多人看着哩，你怕啥。我这里有平安符，把这两样贴身物给你包一包，还能再送给你个全家无论远近老少儿女子孙都平安的大平安哩。

母亲就交了出去，眼珠不错地看着他把戒指耳环放进了红彤彤的平安符中。"野先儿"还对着平安符吹了一口气，才放在了一边儿。他给母亲的手腕上涂了点儿药水，看看颜色，说测试合格。接着就给母亲包了草药。包好药后，他把药和平安符一起给了母亲，让母亲第二天才能打开平安符，若是时辰不到就打开的话，"法力"就散了。

事实上，从镇上回家的半路上，母亲就开始心神不宁。快到村口的时候，她还是没有按捺住，忐忐忑忑地打开了平安符，发现金戒指和金耳环都变成了假的。虽然也是"黄啦啦的"，却是铜的。她转头就往镇上走，到了集上，集还热闹着，那"野先儿"的地摊却如她最担心的那样，消失得无影无踪。她站在不远处，看见原来摆摊的地方站着两个老太太，一个在骂，一个在哭。

母亲没有上前。她说她看清楚了情况就走了。她怕人家也看出来她是丢了金货，她这个响鼓已经叫骗子的槌擂过了，喧嚷出来只会让别人的槌一擂再擂。她丢不起这个人。这事儿憋在了她心口，那两天她都没有吃下饭，然后就病了，发烧不止。任谁怎么问都闷着不理。大哥打电话给我，我赶紧返回，我一进门，她的眼泪就淌了出来。我问了好半天，她才吞吞吐吐地说了缘故。她一边哭，一边痛骂自己老没成色老没材料。我说，没事儿，就当丢了。丢东西又不是丢人。她说，丢东西就是丢人！我说，我再买不就得了。她说，可不要了。你那钱也不是大风刮来哩。

话堵到这里，我就不劝了。她懊恼了半天，终于还是回转了过来，犹犹豫豫地说，都知道闺女给买了金首饰，以后走到街上，人家问：你闺女给你买的黄啦啦哩？我可咋说哩。我连忙接住话茬说，咱再买呗。你又不是丢了闺女，闺女又不是没有钱，咱又不是没地方买。她扑哧笑了。想了想，说那项链一次都没戴过，还崭崭新哩，你拿去换成戒指耳环吧。我说不行，"三金"一样都不能少。她说，那这回真的买个假的吧，我看我也不衬戴真哩。我说，咱买两副，一副真的一副假的，你想戴哪副就戴哪副。过了一会儿，她又心机重重地说，人家要问原来那副哩。我说，你身上的物件儿人家谁操闲心呀。她说，这你可不知道，满村就那几个人，谁在街上咳嗽一声，不看脸儿就能听出是谁的喉咙。这是寻常物件？这可是金首饰哩，黄啦啦地晃着，那就是会说话哩。谁不看在眼里！

我说，这也简单。你就说，郑州的店里有活动，能以旧换新，闺女非要换个新鲜样式给你戴嘛。谁叫你养的闺女太孝顺嘛。她这才畅快起来，骂道：还孝顺死你个龟孙哩。停了好大一会儿，才像发布世界上最重要的真理一样说：唉，还是有个闺女好呀。

4

洗完了头发，洗发水的泡沫也落了一浴缸。一朵一朵地漂在水面上，像一朵一朵虚幻的花。母亲坐在花里，有点儿不像是母亲了。

泥蛋儿又哒哒哒地跑了进来。

奶奶坐在奶油里啦。他喊着，就凑过来用小手去掬泡沫。

这可不能吃。母亲慌忙说。

我知道！我又不傻！他想把泡沫往母亲脸上抹，又够不到，差点儿跌进浴缸里。我只好用湿淋淋的手一把抱住他。

你也脱光光吧，和奶奶一起洗。

我不！我不和女生一起洗澡！

我和母亲一起大笑起来。

俺泥蛋儿多乖，都能分清男女呢。

原本就得意洋洋的泥蛋儿更得意洋洋，他指着母亲的乳房说：奶奶，你也有咪咪！

母亲笑得合不拢嘴。招呼他：吃奶不吃？

我才不吃！我从来不吃！

咦，你可不知道你那时候吃得多欢！

你胡说！你胡说！

泥蛋儿朝母亲撩着水，母亲也朝他撩着水，祖孙两个闹得不亦乐乎。不一会儿，泥蛋儿也就湿淋淋的了。我干脆擒拿着他，把他剥了个一干二净，飞快地给他冲了个澡。刚给他洗好，弟弟也回来了，我们俩在卫生间门口，一里一外，把泥蛋儿给交接了过去。

给泥蛋儿冲澡的时候，母亲就那么盯着泥蛋儿，简直都舍不得眨眼睛。

母亲的第二次中风，就是因为泥蛋儿。这事儿说起来，其实也跟人家泥蛋儿没啥关系。在我大嫂怀我大侄子——也就是母亲的大孙子时，母亲去邻村的观音庙里上了香。她说那个庙里的观音就是灵，当然也是因为她诚心诚意地跪够了一个时辰的缘故，所以才得了大孙子。因此呢，她认为小娜怀泥蛋儿的时候，她也有必要再去上上香。在我们的坚决反对下，她做了暂时的表面的妥协，到底还是趁大哥不注意，自己偷偷跑了去，跪够了一个时辰，起来的时候就又犯了病。那时已是深秋，霜降刚过。

那一次，我们谁都没有埋怨她。有什么可埋怨的呢？

埋怨又有什么用呢？

我能生个儿子，也是因为您跪了吧？过了很久之后，我和她开玩笑。当然我也得到了意料之中的回答：这可不能居功。我可没跪。要跪也是你婆婆去跪，人家是当奶奶的嘛。我去跪个啥？

因为把最小的泥蛋儿放在了心尖尖儿上，母亲有时候说话就会失了分寸。我们几个都常给她一些零花钱，这些年她大概存下了有三四万，对这钱的归属她早就宣扬过，说，那都是泥蛋儿的，你们可谁都甭想。这话惹得大嫂和小娜都不大高兴。大嫂不高兴她偏心，说，偏就偏呗，面儿上咋也得平嘛，赤裸裸地偏了小孙子，把大孙子往哪儿搁？小娜不高兴的是，又没多少钱，显得咱沾多少光似的，我可不想承老太太这人情，实在是犯不着。妯娌俩都有理。我们也只能承认，老太太是有些老糊涂了。

母亲的皮肤上已经有了一层薄薄的灰白膜，看样子是"恶服"好了。我便开始给母亲搓澡。先从脖子搓起。她脖子上深深的颈纹一道叠着一道，像是起了皱的棉布。我尽力把纹撑展，一下接着一下，慢慢儿地搓。

你轻点儿，当我是搓衣板呀。

我便把手劲儿放得更轻些。其实我都没怎么敢使劲儿了。如今的母亲比以前瘦多了，也更容易疼。

　　搓完脖颈，我开始搓胳膊。很快，灰白色的泥垢便滚成了一小条一小条，有点儿像是……像是什么呢？对，像是炒熟的碾馔。碾馔，如今知道这种东西的人恐怕不多了吧，更别说吃过了。碾馔用的食材就是已经饱满却还没有变坚实的青麦粒，把这种青麦粒放到石磨上去碾，一遍一遍地碾，碾成青绿色的小条条，这就成了碾馔。母亲炒碾馔的时候，会放很多大蒜。有时候再奢侈一点儿，会再破个鸡蛋，那更是清香四溢。

　　背还是重中之重，需用的时间最长。母亲的背并不是那么宽阔，却也得让我搓上好大一会儿。搓着的时候，像是在锄地。像是在给庄稼松土。像是玉米出苗后给它们间苗。需要搓两遍。先是从上往下搓，然后从下往上搓。以前，我只是从上往下搓，母亲总觉得不够过瘾，嫌太顺当了，就要去我从下往上再搓一遍。我便听她的，从下往上再倒搓一遍。这样搓完之后，母亲方才觉得圆满。

　　搓着搓着，母亲的背就有点儿红了。如果她的皮肤很白的话，如我的皮肤一样白的话，那此时应该是很红很红的，可是她的背，因为苍老的缘故，因为黑的缘故，只是显得有一点儿红。

背上搓下来的"碾馔"也最多。纷纷扬扬地落下，颇有些规模。母亲身上还能搓下这么多"碾馔"，这真好，真好。在欣悦的同时，我的心里也有一个黑黝黝的地方正在塌陷：真怕母亲身上能搓下的"碾馔"越来越少，越来越少——这简直是一定的。甚至有一天，再也没有了"碾馔"，就像一块土地不再生长麦子。那就意味着，我再也没有老娘了啊。

妈，我都好几年没吃碾馔了。

咋想起这口儿了。母亲道：要吃也得等明年的新麦啦。

5

二十多年前，母亲也曾给我搓过一次背的。迄今为止，那是我记忆里最深刻的一次搓背，因为疼。那时我还没结婚，刚上了班没多久，有一次，往老家打电话，母亲在电话那边喜滋滋地告诉我，镇上新开了一家澡堂子，"可卓了"。卓，这也是我们老家方言，很漂亮，很不错的意思。不久，我回去看她，就带她去镇上洗澡。澡堂果然很"卓"，居然还开设有包间。我想要个包间，母亲不肯，说别烧包了。你刚上班，才挣下几个？省下那钱，买点儿啥不好?

于是就去洗大间。已是初冬,又是周末,洗澡的人还挺多的。熙熙攘攘的裸体中,母亲一层一层地脱着衣裳,也不大敢看别人,神情很是有些羞赧。我三下两下脱光后,就去帮她脱,她一把把我推开,说:别管我。我只好等她脱完,然后给她把衣服归置到柜子里,又给她拿来拖鞋,扶着她走进浴室,让她先进池子里"恶服",母亲一进池子就碰见了邻村的熟人,那个老太太也是闺女带着来洗澡的。母亲和她热络地聊着天,才渐渐自如起来。

等我在淋浴间洗完,母亲也在大池子里"恶服"好了。我把她从池子里扶出来,给她搓背。那时候的她,还只需要搓背。那时候的她,背厚实得像案板。那时候的她,总是让我使劲儿再使劲儿。那时候的母亲,还很年轻,那么那么年轻。

给母亲搓完之后,轮到母亲给我搓了。她可是真下力气啊。搓了第一下,我忍着。第二下,就忍不住了,我说:疼。母亲说:恁娇气。第三下的时候,我从她手掌心里逃了出来,说:别搓了。太疼了。母亲说,不这么着哪能搓干净呢。我说,反正我不搓了。你快把我的皮给搓掉了。就是那一次,我的背当时就被母亲搓出了一道道的血印子,之后还结了一层薄薄的痂。我给母亲看，母亲还是那句话：恁娇气。

母亲其实用不着搓澡巾。她的手掌就像一个搓澡巾。

姑姑，你在干什么？换过衣裳的泥蛋儿又进来了。

给我妈妈搓澡呀。

我也想搓！

不行！

为什么？

因为这是我的妈妈呀。我的妈妈，就只能我来搓。

泥蛋儿乌溜溜的眼睛瞪着我。

你等你妈妈回来，给你妈妈搓就好了呀。

哦——

你姑姑诳你的。母亲朝着泥蛋儿伸出左手，说，俺泥蛋儿真孝，恁大点儿就知道给奶奶搓澡，来，来搓两把。

泥蛋儿就猴上来。我只好抱着他，让他学着我的样子，在母亲背上搓了几把。

搓得恁卓。俺泥蛋儿恁仁义，恁乖。

记得回头给你妈妈搓澡呀。

孩子都得给妈妈搓澡吗？

对呀。

哦。

搓够了，泥蛋儿又跑了出去，只听到他大声喊：爸爸，你为什么偷懒，不给你妈妈搓澡！

和母亲笑了一会儿，我继续给母亲搓。搓她的腋下，搓她的两肋，搓她的乳房。褪掉她的内裤，搓她的肚子，她的小腹……她的身上有很多疤。大大小小的，都有缘故。小腹上那道长长的疤，是生完弟弟，做结扎手术留下的。左大腿上有几个耙齿痕印，是上世纪八十年代初，刚分地没多久，大哥借了"小四轮"耙地，大哥开车，母亲就站在耙上压耙。耙在土地上跌宕起伏，把母亲撂倒了，母亲的左腿被耙齿耙住，她大声喊着，可是"小四轮"的声音更响亮，大哥根本听不见。直到邻地界干活儿的人觉出了异样才把母亲解救了出来。左手腕上的小疤，是那年父亲得了癌症，母亲病急乱投医，在一个"野先儿"那里求了药，还按吩咐放自己的血做药引子，原本只是咬手指放血，嫌放得少，也放得慢，就割了自己的腕，倒是放得足了，差点儿没止住。右乳正上方那个小疤呢，则是她自己用铁棍烙的。那里不知什么时候起长了个软软的小肉瘤——后来我确认了一下，那叫皮赘。她听人说用烧红了的铁棍烙掉就行，居然就真的那么做了。而且居然真的也没事，只是留了这么一个小疤。她对此很是得意。

这么想起来，母亲倒是没有因我留过疤——唉，她眉心的那个小圆疤，我怎么给忘了呢？那是母亲怀我的时候营养不良，月份越大越难熬，在家里纳着鞋底都能晕倒，一头磕碰在了桌角上，伤好后就有了这个疤。后来讲起这事，她还挺有些幽默感地说，都说怀闺女的娘更俊，敢情俺闺女就是叫俺这么俊的呀。

最后搓的，自然是母亲的脚。母亲的脚，左大拇指有点儿歪，因为十来年前骨折过。当时她正在做晚饭，猛听见大孙子在门口号哭，就慌忙往外跑，跑得太急，就被门槛绊了一下，把大拇指给绊折了。她当时根本没在意，直到实在不能忍了才去让村里的赤脚医生给看一下，上了点儿跌打损伤的药。定型之后，大拇指就成了这个样子。

没啥。又不妨碍干活儿。她说。好像这世上最重要的、最要紧的事情，就是能干活儿。

6

给母亲搓好了第一遍，再搓第二遍。第二遍，灰白的"碾馍"就少多了，只是零零星星的几小条了。

第二遍搓完。母亲道：这可搓净了。哪个汗毛眼儿都在出气儿呢。

要把浴缸洗一遍才能再换水。怕母亲在浴缸边沿儿坐不稳，我便把弟弟叫了进来。我把浴巾围拢在母亲腰间，母亲用左手紧紧地捏住浴巾两端的合口。我扶住母亲，叫弟弟去洗浴缸。弟弟埋下头，唰唰唰地清洗着浴缸里的污垢。薄薄的属于母亲的污垢。

搓出这些腌臜，能上几亩地了。母亲说。这个上，是给地上粪的意思。

弟弟把污垢刷干净后，又用花洒把浴缸冲了又冲，冲了又冲，仿佛想要冲出一个最新的浴缸。

中了二小，这还不干净？还能咋干净？费水。老贵。这些个水，也能浇老大一片地了。

在郑州，母亲的思维永远是要和豫北老家对比着来的。听小娜说菜价，她会说老家这些个菜一块钱能买一大兜。听小娜说电费，她会说这一个月电费够村里谁谁谁一年的了。有一次，说得小娜不耐烦，就说她：老家是农村，这可是省会。母亲竟然接话道：叫我说，为啥叫省会，就是因为啥都怹贵，更得省着。省会省会，省着就会，不省不会。此妙语一出，遂成了我们家里的金句。

水能有多贵！弟弟说。他不抬头，闷闷的，口气有些凶。

你看看你这孩儿。都说不当家不知柴米贵，你这都当家多少年了，还不知道柴米贵？还恁不识说。恶声歹气的，还吃人咬人哩。

弟弟抬起头看着母亲，嘿嘿嘿地憨笑着，那样子比泥蛋儿还呆萌。

妈，你可真会给人安罪名呀。弟弟说。

母亲也笑了，说：我自己的孩儿，那还不是想咋说就咋说！

刷干净后，我和弟弟扶着母亲——弟弟几乎是半抱着母亲——让她重新在浴缸里坐好。在这个过程中，母亲一直用左手紧紧地捏住浴巾两端的合口，生怕浴巾掉了似的，直到弟弟出去方才松开。

母亲坐稳妥之后，我开始放新水。水哗哗地流着，水位一点一点地上升着，像是正在生长的柔软水晶。母亲就坐在生长着的柔软水晶里，微微闭着眼睛，似乎要睡着了。

我一边往母亲身上撩着水，一边有一搭没一搭地逗她说话：

妈，早些年，你跟我爸都咋洗澡啊？

汉们讲究啥，咋着都能洗。夏天河里洗，冬天烧盆热水抹抹搓搓就中了。我就是在家洗，咱那个大红盆，用了多少年。

妈，咱们今年过年去旅游吧？别在家招待亲戚了，老烦人。

那可不中。大大长长的一年，不待亲戚？跟亲戚们说甭来啦俺要去外头耍？那可不中。

妈，要是真让你挑个地方去耍，你想去哪儿？

真要叫我挑呀……她忽然有些不好意思地抿了抿嘴：想去南京和北京。说起来，你在北京上的大学，二小在南京上的大学，村里可有人问呢，南京啥样？北京啥样？还怪想说说嘴呢。

那为啥哪回叫你去你都犟着不去?! 我气得把毛巾摔到了浴缸里。

你个龟孙。说闲话哩，咋还恼了？母亲睁开了眼睛，倒是笑了：如今说想去，算是迟了？

不迟！我恶狠狠地说；等过完了年，天一暖和了就去！

唉，不去了，我也就是说说。看景不如听景……

必须去！

中中中，去去去。

……

水放够了。无须再搓，我便用毛巾轻轻地擦着母亲。擦她的大腿，擦她的大腿根儿，擦她的屁股，擦她的膝盖，擦她有些僵硬萎缩的右腿……擦着我能擦到的她的一切，她的松懈的下垂的一切。

再次擦胸乳时，视线向下，我看见了母亲的小腹。累累垂垂的横纹，如同一条条微型的道路，黄中带褐的肤色恰如土地，道路的颜色则要深一些。道路中间的阴影时宽时窄。小腹之下的阴部毛发，则是如雪如盐的纯白。

似乎是打了个盹儿，母亲突然闪了一下，睁开了眼睛。

妈，咋样？洗好了吧？

可好了。

卓吧？

可卓了。她满足地叹了口气，说：都说有闺女给洗大澡是福气，叫我说，能洗上这小澡才是福气哩。

又胡说了！

——老家规矩，临终前用清水抹洗全身，就叫洗大澡。这是女儿们要做的事。

我喊着弟弟，让他过来。弟弟进门的时候，母亲喊了一声：嘿。我扭头，看见她指着浴巾。可是这时弟弟已经

进来了。他走到母亲身边，想要去扶母亲，母亲把他拨拉
开，等我拿着浴巾过来，又给她围拢到腰上，才让弟弟架
到她的胳膊下。

　　母亲说，看看我这一身水，别弄你身上。

　　没事儿。弟弟说。我能听出来，他肯定是哭了。

明月
梅花

1

已经是三十多年前的事了。不过，每每想起，明月就免不了要惊异。竟然过去那么久了，竟然。可一想起来，总觉得是刚刚发生，如同在昨天。

那时候，一年里头有好几个大假。除了暑假和寒假，还有麦假和秋假。麦假自然是为了收麦子，秋假自然是为了收玉米。两个假期都不长，也就是七八十来天。无论城乡都会放，因在城里上班的人，有相当一部分在乡下还都有老人，那就得回去搭把手。即便没有了老人，有兄弟姐妹在乡下的，这算是至亲，也得回去搭把手。仔细琢磨，这两个假放得还挺体贴的，有一股浓浓的人情味儿。

但是，小明月很不喜欢这两个假。一个缘由是得干活儿，本来就是为了干活儿才放的假嘛。另一个缘由是因为表姐梅花，梅花这时候必定会来杨庄。

梅花是二姨的女儿。妈妈姊妹三个，其中三姨读书最好，大学毕业后工作分到了省城，也就在省城成了家，轻易不来。二姨嫁到了二十里外的小城边儿上，虽然不是城里，可到底是近郊，就繁华得多。家里开着个小卖部，手里有一份细水长流的活钱儿。且还有几分地，二姨很会种菜卖菜，就又多了些进项，日子过得很滋润。

二姨、三姨……姐，那咱大姨呢？听家里人说着二姨三姨，明月突然就困惑了，问明霞。

咱妈是老大。没有大姨。

那咱妈就等于是大姨吧。

胡说。咱妈就是咱妈。

那就没有大姨？

没有大姨。

直接就二姨三姨了？

嗯。

明月还是觉得应该有个大姨，一副不甘心的样子。左顾右盼间，就看到了奶奶这里。奶奶翻眼瞅了瞅明月，搭腔道：梅花就叫你妈大姨。你妈是她的大姨。

那梅花……就没有二姨了？明月似乎开始清楚。

自己的妈是别人的姨。要按着数儿去数，就都少一个姨。奶奶撇撇嘴：这钻牛角尖儿的本事，也不知道从哪儿学的。

二姨头两胎都是儿子，一直期盼能有个女儿。等到终于有了梅花，喜得跟什么似的。梅花是冬天生的。二姨说梦见了梅花盛开，可香呢。

有多香？明月问。

反正是可香可香。

比小磨油还香？

可不是。比小磨油还香。

比炒鸡蛋还香？

可不是。比炒鸡蛋还香。

就都笑起来。

二姨和村里人都相熟，每次来送梅花，一进村就开始跟人打招呼。村里人也都和二姨寒暄。

又送你家闺女来帮忙啦？

嗯，蚂蚱还有三两力气的，多少能干点儿。

怪舍得。不心疼？

就是叫她忆苦思甜哩。二姨说：不叫她沾沾地气，她能知道粮食是从哪儿来哩？四岁那年春天，在来杨庄的路上，妞指着麦地跟我说，妈妈，这不是青青大草原？你说这能中？

这话众人也不知道听了多少遍，却依然每次听了都会笑。笑是村里人的礼貌。

二姨把梅花留下就走了。菜地离不了人。小卖部离不了人。

啥是忆苦思甜？明月问明霞。

就是，得过一过不好的日子，才知道啥是好日子。

那咱们这是不好的日子？

明霞就不说话了。奶奶也不说话。

2

对梅花，明月从来不叫姐姐。只大了一岁，她觉得梅花不太像个姐姐。可梅花却叫她妹妹，也很乖地叫着明霞姐姐，叫明德哥哥，叫明辉弟弟，冲着妈妈喊大姨，冲着爸爸喊大姨夫——当然，奶奶也还是得叫奶奶，总之是，该叫的人一个不落，很周到。

真灵透。

多懂礼数。

长得又俊。

个头儿也高。高高挑挑门前站，不言不语也好看。

嗯，这闺女齐全着呢。

……

都这么夸说着梅花。

明霞在县城上高中，平时要到星期日才能回来住一天，拿些换洗衣裳。课业虽是繁重，逢到麦假秋假却也是会放的。她就总带着梅花，很少带明月，偶尔带一回也要横眉竖眼地挑剔一番，大吆小喝地责骂一番。明月也不跟她亲，对她是能躲着就躲着，避猫鼠一般。人家连个热乎的笑脸都不给，咱硬贴个什么劲儿呢。没意思。

逢年过节，安排给谁做新衣服是家里的一件重要事项。作为长女，自然就先紧着明霞，明月只能跟在后头捡穿。明霞对自己的衣服很疼惜，收拾得利利落落，一个油点点儿也没有，一个补丁块儿也没有。她穿小的、穿旧的，才会给明月。有格外喜欢的，即便小了旧了，两三年都不沾身了，也白放着，不给明月。

馋紧了，明月就要。要也是白要。可她也还是会去要。花的是家里公中的钱，她穿旧的小的又不过分，甚至还是受委屈的，为啥不给她呢？

可明霞就是不给。

你都不穿了呀。

那也不给你穿。

我穿完给你洗净还不中？

你能洗净？

明月有些气短。她还真是洗不净。

就是洗净也不给你穿。

为啥？

因为是我的衣裳。我想给你穿时再给你穿。

小学生到底还是说不过高中生。明月气恨恨地作罢，嘀咕一句：你就是给我穿我还不要呢。

后来明月来了例假。那时不叫例假，叫"月经"。"月经"，每月都要经历，太过于直白，且有苦意，就不如例假好听。例假，多么婉转含蓄，还隐含着些度假的浪漫，好像真有人会因此给你个假似的，虽然从没有人给过假。

妈妈和奶奶对这事既警惕又淡漠。她们管例假叫"那个"。

明月来"那个"了。妈妈说。

叫明霞去管她。奶奶说。

其实不待奶奶吩咐，明霞就已经管起来。到底大上了六岁，她处置这事已很是有了经验。她一边管着，一边嫌弃着。一边嫌弃着，也一边管着。训斥明月不会收拾，穿裙子就弄到裙子上，穿裤子就弄到裤子上，晚上睡觉就弄到床铺上。邋邋遢遢死了。她耐着性子一遍遍地教着明月，教她怎么记日子，怎么叠卫生纸：对角折叠两次后，中间重合的部分正好用来垫着裆。要多叠一些备着，要换的时候立马就能有。卫生纸容易跑，还容易渗漏，明霞很大方地把自己的月经带也给明月拿去用。月经带有点儿类似于如今的丁字裤，裆部宽一些，是皮革的，且前后都有皮筋，能把卫生纸稳稳地卡进去。

只用了一次，明月就还给了明霞，她觉得闷得难受。

但明霞带着梅花时就总是笑盈盈的。给梅花铺刚洗过的干净床单，去地里时，把家里的草帽比来比去，挑最新的那顶给梅花。给梅花换上自己的长裤，怕麦茬划了她的腿。还怕镰刀伤了梅花的手，给她找了一副线手套。

奶奶还叮嘱明月照看好梅花。

她是姐呀，不该照看着我？

人家是亲戚，得咱照看。

妹妹你跟着我，我照看着你。梅花笑得很甜。

看着梅花被前呼后拥地带到地里干活儿，明月心里很是有些不屑。这被大家伙儿捧着的派头，就是个娇滴滴的小亲戚，能干什么活儿呢？虽是打着帮忙的名头儿，其实是有些添乱的。

不过她没让这不屑显出来。要说梅花对她和明辉还真是挺好。不仅仅是弟弟长妹妹短的叫得亲热，还常常有实惠拿出来：总用自己的零花钱给她和明辉买零食。但凡看见，大人们都要拦住，梅花就自己去小卖部买回来分给他们。还有，她每次来都会给明月带些衣裳，有些衣裳还很新。

这么新的衣裳，你咋不穿了？

我衣裳可多，穿不完。有的也不喜欢，不想穿。

等梅花走了，明月就穿着衣裳故意到明霞跟前晃呀晃。

她不想穿了才给你穿，你就那么没骨气？明霞拿眼睛白她。

那也比你强。你不想穿的也不给我穿呀。

明霞气得干噎。这是明月难得的胜利时刻。这胜利也很短暂，且明霞总会逮着个什么机会很快报复回来，受气就是明月的家常便饭。每当这时候明月就暗暗祈祷着明霞能考上大学，考得越远越好。都说大学生一年才能回一次家的，她就不用在明霞手底下熬日子了，多好。

可明霞没考上大学，也没去复读。明月考上了镇上的初中。明霞整天窝在家里，对明月挑剔得更狠了，骂起来越发恶声歹气。三不五时地，她会去趟城里散散心，去一趟，脸色就会好一些。有时还会路过二姨家，带回来一些时鲜的菜。

3

立秋下了几场雨，玉米得了水，噌噌噌地往上拔节，每天都能蹿高一点，转眼间就比明月还要高了，长在路两边，碧玉丛林一般。好看是好看的，一个人走在这样的路上却也免不了有些莫名害怕。三里地呢。好在同村还有几个女生，能结上伴走路上下学。那时节的乡间，自行车还是个奢侈之物，不是家家都能有的。有的家里即便是有，也轮不到她们这些孩子骑。

有一天，明月正在埋头写作业，同桌用胳膊肘撞撞明月：你姐来了。

转头一看，果然是明霞。她正扒着窗户往里瞧。

明月低头继续写作业，直到下课。这是下午最后一节课。

明霞一直等着她。

你来干啥？

路过，捎你走呗。

这是从来没有过的事。明月有些诧异，却也有些得意。可是自行车后座上卡着俩麻袋呢——肯定是二姨家的菜。她坐哪儿？

明霞拍拍横梁：这还不够你坐？

当然够坐。只是像是坐在了明霞怀里，有些不好意思。明月犹豫了一下，还是坐了上去。

明霞骑车骑得很稳。鼻息吹着明月的头顶，很温柔，却也有些痒痒。明月不时地摇着头，怪不自在的。

玉米田散发出的味道清气十足，很好闻。有不少玉米结出了鼓鼓的穗子，大大小小的，最性急的连红缨子都有了。明月默默地盘算着，没几天就是国庆节，国庆节后又得放秋假收玉米，梅花肯定又要来。真不想让她来呀。唉。

梅花……明霞突然说。

明月吓了一跳。简直怀疑明霞派了个什么精灵小鬼钻进了自己的肚子里，捉住了自己瞬间起的那个小念头。

怀着心虚，明月默默地等着明霞往下说。可是明霞却不说了，只是蹬着车，车轮唰一下，唰一下，往前匀匀地转着。

其实很想问。可是明月忍着。明霞从来没有这么沉得住气过，总是火急火燎的，尤其是跟她说话的时候。今天很是不同寻常。

车拐了一个弯，村子已经是隐隐在望。

梅花她咋啦？明月终于忍不住了。

明霞不说话。

她咋啦呀？

明月往后上方扭着头，想要去看明霞，却只看到了明霞的下巴。然后，有什么滴在了她的脸上，凉凉的。一滴，两滴。三四五六滴。

姐！明月喊。

梅花死了。明霞说。

死了？

嗯，死了。

死了？明月不自觉地又重复了一遍，明霞没有再回答。泪水滴在明月的头皮上，小雨一般。

死，这件事，朦朦胧胧的，明月也有了一些意识。村子两三百户人家，千把口人，一年半载的，就会有人死去，那家会办丧事，又叫白事。有老人死了，子孙戴孝，哭，白花花的一片，连明彻夜地热闹。村里人都去，吊孝的吊孝，帮忙的帮忙。她也跟着妈妈和奶奶去过。

谁谁谁老了。村里人都这么说。

有一次，一个男人得了重病死了，村里人也这么说。在明月的记忆里，那个男人还不到三十岁，还很年轻。

他还不老呢。她说。

死了就叫老了，不管多大岁数。妈妈说。

虽是听得懵懵懂懂，明月却也好像是有了些感觉：老和死很有关系，同时也是两码事。老了不是死了，死了却一定是老了。

对于死，她知道的也只是这些了。

咱们再也见不到梅花啦。

一边说着，明霞腾出一只手擦泪，另一只手牢牢地握着车把。

明月的眼泪也吧嗒吧嗒地掉下来。说实话，她心里也没觉得怎么悲伤。但她模模糊糊地知道，这时候是该哭的。

不久就是秋假，二姨来了。进门第一件事，就是抱着明月大哭了一场。这也是她做的唯一一件事。说是帮忙来了，就这样子，还能帮什么呢？

二姨哭，明月也跟着哭。所有人都跟着哭着。哭着哭着，别人都不哭了，二姨还哭着。她抱明月抱得很紧，胳膊像两根粗绳子，双手在明月背后打了个死结。妈妈上来掰，没有掰开。明霞上来掰，也掰不开。最后还是奶奶掰开了。奶奶的手枯树枝一般，根根青筋分明。

4

自打那以后，二姨来杨庄就来得很勤快。总有些由头。秋黄瓜下来啦，西葫芦下来啦，头茬的菠菜，最后一茬的丝瓜，还有小白菜、蒜苗、芫荽……只要她菜地里有的，她都给送。有的还是杨庄不怎么种的俏皮菜，什么蒜薹啦、芹菜啦。

尝尝鲜。她说。

起初看见明月，她还是会哭。渐渐地，就不怎么哭了。她总会给明月带一些衣裳，那些衣裳，一看就是梅花的。

明月就穿着。二姨就死死地盯着明月，眼珠不错地看。

起初明月很是有些扬眉吐气。从没有人这么关注她，这么宠着她，这让她挺受用。心里有点儿甜丝丝的。只是想起梅花，这甜丝丝里又泛上来些苦。

　　然后，慢慢地，她就不自在起来。二姨的眼神让她别
扭。那双眼睛像是两个幽幽的深洞，黑黢黢的、空荡荡的。
她不自觉地躲着二姨的眼神，怕自己一不小心掉进去。

　　你梅花姐可待见你呢。二姨说。

　　哦。明月只能这么应一声。她不知道该说什么。

　　二姨一走，奶奶就把衣服从明月身上扒下来。

　　为啥不叫我穿？

　　奶奶不搭理明月，只管去把那些衣服藏起来。明月就
去找。家里没什么藏东西的地方，无非就是那几个箱子柜
子，且还没有上锁，很容易找着。明月三翻两翻就找着了，
找着了，依然穿。

　　眼里就没见过东西？没成色！奶奶骂。

　　二姨给了我，就是我的衣裳，为啥不能穿？明月理直
气壮。

　　如此几次三番，奶奶也便作罢了。

　　奶奶的意思是说，那衣裳是梅花穿过的，不吉利。后
来，明霞说。

　　明月颇有些恍然大悟。主要还是因为梅花死了。她要
是还活着，就没什么不吉利。这可不能让她服气。死人用
过的就不吉利吗？村里那些死去的人，他们住过的房子，

他的家人们不都好好地住着？他们打过的伞，用过的锄头，他们的家人们不都好好地用着？

衣裳是贴身儿的，不一样。明霞说。

这是封建迷信！明月用这句话下了论断。

那时候，村里的冬夜挺闲。吃罢晚饭，家里人就围着炉子烤火，烤红薯，泡脚，扯着云话。偶尔会说起梅花。听着听着，明月听出了个大概。原来梅花是被车撞的，就撞了那一下，原以为就是骨折了。一直在医院住着哩，医生都说不碍事的。后来突然就说肚子疼，就又到大医院做了一遍检查，才说五脏六腑都往外冒着血哩。说不中就不中了。

恁看看，这人，命多轻。奶奶说。

恁好的一个小闺女，说没有就没有了。奶奶又说。

明月默默地听着。

再也见不到梅花了。比她只大一岁的梅花老了——死了。明月越来越认定了这个。

她真有些怕死了。

如今想想，梅花这个名字起得就不好。梅花梅花，说没有就没有了，说化就化了。妈妈说。

你们当初还都说这名字好呢。实在忍不住了，明月插了话。

大人们一起去瞪明月。明月以为还会挨一顿骂的,她都已经准备好了挨骂的。可却没有人骂她。居然等空了。她有些纳罕。

5

冬天里,二姨的菜地也闲下来,她来得更勤了。都是星期天来,星期天明月一整天都在家。

她跟明月说说话,跟妈妈说说话。一般不哭,偶尔会哭,偶尔也会笑。看起来好像越来越正常了。

来了从不空手。她家开着小卖部呢。虽然也属于村里的小卖部,可是二姨的村子到底离城里近,小卖部的东西也比杨庄村小卖部的东西样数要多些,款式要新些。大风车棒棒糖、五香瓜子、怪味花生、蜜三刀、动物饼干、高粱饴、火腿肠、江米条……二姨每次总要挑几样带过来。

奶奶也不让她空手回,总要给她装一些东西带回去。刚蒸出锅的馒头和花卷,自家酸菜缸里的酸菜,村里做豆腐的人家刚磨出来的豆腐,种红薯多的人家下了很好的粉条,奶奶都想法子弄些来给二姨。

你看看,这是干啥哩。拿走的比拿来的还多哩。

哪能光要你的哩。都不容易，有来有去才是常理。奶奶说。

说这话时，都笑着。

不欠她的。人情不是恁好欠的。有一次，二姨走后，奶奶盯着二姨的背影说。

明月不经意间发现，奶奶也会盯着她看，那眼神跟过去很不一样。也说不出哪里不一样，反正就是很不一样。

还有一次，放学回家，刚进院子，她听见奶奶在吵妈妈。

叫她少来！

她是我亲妹子呀。妈妈的声音里有哭腔。

转眼间就到了年。年后就开始有人上门给明霞提亲，明霞开始还不愿意相亲，可一家女百家求，提亲的人越来越多，也就只好开始相亲。

一个星期天，二姨又来了，进门就朝奶奶跪下了。

二姨哭着，妈妈也哭着。奶奶去拉二姨起来，老泪纵横。

明月和明辉在旁边呆看着，也不知所措地哭起来。明霞从外面进来，看见这阵势，就也哭起来。

你带着他们俩出去！奶奶擦了一把泪，呵斥明霞。

　　明霞连忙上来拢明月和明辉，一手拢一个，往外走。一边走，一边擦着眼泪。快出大门的时候，她蓦地停了下来，看了看明月和明辉，替他们俩也擦了擦眼泪。又停顿了一小会儿，才出了大门。

　　姐，她们咋了？明辉问。

　　不咋。

　　明霞带着他们去了村里的小卖部，问他们俩想吃啥？

　　想吃啥就买啥？明辉问。

　　嗯，想吃啥就买啥。

　　明辉开始兴致勃勃地要这要那。明霞果然兑现了诺言，任他要。明辉要了一堆泡泡糖，还要了米花球和果丹皮。明月什么都没要。不知道为什么，她看着明辉傻呵呵的样子，想着家里哭成一团的几个人，就什么都不想要了。

　　那天之后，二姨很久都没再来过杨庄。逢年过节走亲戚，都是明霞去二姨家。

　　到了第三个年头，明霞嫁了人。嫁的就是二姨村子里的。是二姨说的媒。

　　也是那一年，明月考上了师范学校。村里的大喇叭哇啦哇啦地通报了喜讯，家里为此还请了一场电影。都知道明月一毕业就会是公办老师，是公家人了。

6

如今明月已经五十岁了。父母和奶奶都已经去世多年。随着工作调动，她离老家也越来越远，难得回去一趟。每次回去都要去看看姐姐。而每次去看姐姐，也都要去看看二姨。

二姨中了风，口齿很不利落。每次见到明月，虽说不了什么话，却依然会哭。

明月早已经知道，每次看到自己，二姨想起的都是梅花。

只要有空，明月也都会在姐姐家住一两个晚上，姐妹俩腻在一起说闲话。

明儿去看看二姨吧。

中。

二姨……唉。这一次，姐姐欲言又止。

咋啦？

你不知道吧？当年二姨想把你要走，去给她当闺女呢。

怎么会？明月猛地坐起来。

这还能有假。明霞笑了，你回想回想，那时二姨往咱家跑了多少趟？

明月这才突然明白，十二岁那年夏天发生的这件事，某种意义上是一件有关自己一生走向的大事。而在当时的自己看来，却是无事，也只能是无事。

那咋没要走？

咱奶舍不得你。

这可没看出来。

咱奶她，明霞顿了顿，把我给了二姨。

怎么会？明月更惊讶了。明明姐姐出嫁前一直住在杨庄，怎么就叫"给了二姨"呢？

你听我慢慢儿说。黑暗里，明霞很平静地，像是说着其他任何最普通的事那样，一句递一句地说：给是给了，还要看怎么给。

咱奶对二姨说，我知道你苦，也知道你疼明月。可她还小，你要她干啥？闺女总归是个外人，总归是得出门，总归是门亲戚。我应承你，叫你有这一门亲戚。可也不是非得明月吧？叫我说，你就要明霞。她到底大了，比明月懂事，能解你忧愁。不像明月，那还是个生砖坯子，你且得好好调教呢，何苦费那气。如今登门给明霞说亲的天天踩门儿，眼看就留不住了，立马就能成家。你说，这是多现成的一门亲戚呀。

明月默默地笑。想起奶奶的样子，妈妈的样子。不知怎么的，又很想哭。

咱奶把你给二姨，你不难受？

难受啥。明霞也在黑暗里笑了一声，说，你看，你都不知道这事。所以，她也没有真给呀。她只是给了二姨一个说法。不过，话说回来，有没有这个说法，对二姨还挺要紧的。

咱奶说，给大的是假给，给小的是真给。自家的孩子，又不是揭不开锅，不能真给。

咱奶还说，日子苦是苦些，不离爹娘本家，就是好日子。

图书在版编目 (CIP) 数据

最慢的是活着 / 乔叶著. — 北京：北京十月文艺
出版社，2024. 1（2025. 10重印）
ISBN 978-7-5302-2347-5

Ⅰ. ①最… Ⅱ. ①乔… Ⅲ. ①中篇小说—小说集—中
国—当代 Ⅳ. ①I247.5

中国国家版本馆 CIP 数据核字 (2023) 第 233134 号

最慢的是活着
ZUI MAN DE SHI HUOZHE
乔叶 著

出	版	北 京 出 版 集 团
		北京十月文艺出版社
地	址	北京北三环中路 6 号
邮	编	100120
网	址	www.bph.com.cn
发	行	新经典发行有限公司
		电话 010-68423599
经	销	新华书店
印	刷	北京盛通印刷股份有限公司
版	次	2024 年 1 月第 1 版
印	次	2025 年10月第 4 次印刷
开	本	850 毫米 ×1168 毫米 1/32
印	张	7.25
字	数	113 千字
书	号	ISBN 978-7-5302-2347-5
定	价	52.00 元

如有印装质量问题，由本社负责调换
质量监督电话 010-58572393